シニアの戯《たわ》言《ごと》

コ・ミーコ

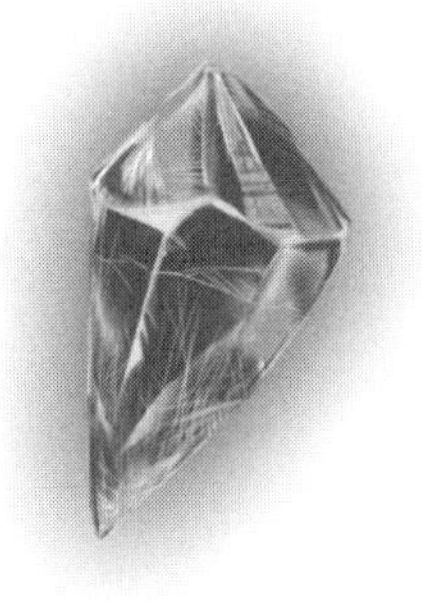

文芸社

はじめに

「はじめに」とは何を書くのか、執筆の動機と内容のガイドラインを書くことらしい。

先輩方や友人たちに頂いた本には、二種類のパターンがある。

論文的に執筆された本は、なるほどと思わせる研究の趣旨の説明、あるいは内容の由来や基本とする考え方の序章に近い。

旅行体験談・自叙伝や世間の万人にアピールするために執筆された本は、その心の中にある想いが伝わるように、短いキャッチフレーズをちりばめて導入に至っている。

私の動機といえば、単に、子供・青春時代、働きながらの子育て時代、孫育て支援時代のクリアが近づき、昔からなんとなく向いているかも？と思っていたことを第四ラウンドの目標とし、散文をポチポチ書き始めていた。そこに、偶然届いた出版説明会ダイレクトメールの担当者名が、去年出席した教え子たちの同期会で会えなかった教え子と同姓だったことに導かれて……スタートした。

それではシニアの戯言《たわごと》に、しばしお付き合いください。

目　次

病気・手術との闘い

いやはや、困ったもんだ

今の有《あ》り様《よう》って、こんなもの？

大正から昭和の初めの頃、大家族の中で厳しく育てられ、戦時中を生き抜いた人たちが私たちシニア世代の親である。

そして、戦時中の後半から終戦までに生まれた人たちが、二〇二〇年の現在は後期高齢者（七十五歳以上）と呼ばれ、食糧難に喘ぎながら自給自足の中で生きてきた世代となる。

それに続くのが、終戦直後の結婚ブームにベビーブームで誕生した私たちで、四十代の親がひしめく頃に私たちが大学を卒業する時期と重なった。しかも、世の中は大学紛争の真っ最中で学生運動の学生たちに構内を封鎖され、ロクな卒業式もできない状況だった。

先輩たちは就職浪人だらけで県外に出て就職するか、講師採用試験で就職して本採用試験の権利を獲得するか、他職種や他の公務員を目指して勉強するなどの選択をせまられた。

しかも、この頃から電化製品の飛躍的な進化と普及が始まり、タイプライターからワープロへ、更にはコンピューターへの対応操作とソフトの向上、自家用車や新幹線といった乗り物の増加など、目まぐるしく変化した時代であった。

そうした時代の中、日本文化の発展に歯車として貢献しながらも、今は政府の年金政策の頭痛の種と疎まれているのが、我々高齢者ことシニア世代である。

その子供の代は平成に移り、電話に子機が付き、ポケットベルからカメラ付きの携帯電話、今ではスマートフォンとタブレットの時代になった。

本人の責任でもないのに、またもやベビーブームの煽りを食ったか、就職氷河期で安定収入の保証もなく、結婚も家庭も築けない世代にもかかわらず、年金生活の親の脛をいつまで齧《かじ》らせるつもりか、政府のとぼけ上手なこと。

人手不足だからとシニアをこき使う前に、社会の中心となるべき世代を救うのが政府の本来の姿であり、切り捨てて次の世代に期待すべきではないのでは？

誰が考えても、そりゃあ重荷だよね。

外面《そとづら》の良い政府の政策は、体良く資金不足の穴埋めを先に考えて、定年と年金支給を先延ばしにしようと目先の欲につっぱしる。

国の存亡を憂うるならば、まず、正社員になれていない、四十代後半から五十代の働き盛りの人たちを国家公務員として採用してもらいたい。

条件としては、国が責任を持つのだから、人手不足で後継者が減少して困っている、食糧の自給率が危うい農業・漁業の専門職に従事してもらうこと。または、伝統文化遺産の存続や国土の保全・維持のために、林業に従事しながら災害復旧救助を担ってくれる専門職を置くことが望ましく、その先駆けとなっていただければ有り難い。

さらに欲をいえば、保育士・介護士も公務員にし、揺り籠から墓場まで公共施設が面倒を見る体制を整えることが、近年の子育て世代による育児放棄に起因する、未来を託すべき幼子の死と、老々介護の悲劇の防止となる。そのためならば、消費税の値上げも急務と言える。

それだけでは予算が足りない？ そりゃそうでしょう。仕事のはき違えをしている人たちへの税金の無駄遣いを見直せば、かなり一般人を雇用できますよ。

高給取りの国会お騒がせ議員や勉強不足議員を減らし、各地方の議会も議員数を減らし、皆さんの抱える現実の問題点の改善と、未来あるべき理想の実現に向け、誠心誠意努力してくれる必要最低限の少数精鋭人数に絞る決意こそ最初にやりましょう。

浮いたそのお金を集めてホワイトカラーの頭脳公務員だけではなく、具体的に実践行動を仕事とする理想のブルーカラー公務員を置けば、数倍の救済をすることができると思いませんか？

こんなことを言われてムカッとしたら、それは図星を指され、仕返しを画策する余裕のある人物かも。でも、皆さんに選ばれた人たちだから、きっと思いやりがあり、正義感も強いリーダーシップの取れる方々だと信じたいものだ。

それにしても、立候補した人から選挙運動の際、「お願いに来ました」ではなく、「私が○○を変えます」を聞きたいものだ。

チョット待って‼　その政策

最後っ屁《ぺ》になるが、世の中は消費税の増税前から駆け込み物価の上昇で、8％のままですら、それまでより税金を高く払っている。

政府が消費を推進するために、賃金を上げる政策に呼応してのことではある。が、売る製品の原料価格から、製造道具の消耗品費に労働者の給与を含めての結果が、こうなっている。

だから、消費税を10％に上げなくても実質的には値上げしたような収益になるであろう。

農産物・海産物・各種製造品など全ての物価部分だけをインフレにならない程度に公平に上げれば、税収は上乗せされたのも同然なのだから。

それに、賃金が上がれば所得税も同様に、税率に正比例して多く引かれる。その税率の線引きで、少額昇給してスレスレでワンランク上の税率に入ると、手取りが下がることもありうる。

政府が、購買による税金だけではなく、相続税・固定資産税（土地税＋家屋税）・住民税・自動車税などなどあらゆる手段で税収増を画策してもいることは、直接身に迫らねば気付かないので、怖い話である。

低所得層の家計もさることながら、年金を下げ続けられているシニア世代は、年々、健康保険税や介護保険税をさりげなく、容赦なく上げられ、手取りが二重に目減りしている。購買力の維持どころか、自分の持ち家の維持・補修があるうえに、公共料金と固定資産税など各種租税を納めるにも四苦八苦で頭を痛め、突然の災難にも怯えている。

税ではないが、一見よさそうに見えて、国民を欺く形になった、かつての公共事業にも似たような悲劇がある。

昭和の国鉄（現・ＪＲ）では、人口が少なく営業利益が少ない地方の経営は、都心部の集客で賄《まかな》う公平さがあった。

だから、当時は廃線などの憂き目には遭わず、皆平等に生活が営めた。

過疎地域の郵便局も同様な使命で全国民に等しく配達業務をしていたが、現在、過疎地域では一週間分をまとめての配達で、新聞がその意味を果たせない状況である。

それ故、過疎地域では何処《どこ》へ行くにも足となる車は必需品だが、自動車税増税と自賠責保険料だけでなく維持費も馬鹿にならない。

おまけに、老人の事故多発で免許返納に悩みが尽きない。

それなのに、頼みの子供は就職難時代で、親の年金を頼る貧困所帯と言えそうな家庭が往々にしてある。

その逆に、子供が親元を離れ、町で生活をするようになって喜ばしい反面、山村の林業従事者は仕事がなくなり、親の生活の糧が途絶え、子供にも言えず、死を選ばざるを得なかった気の毒な夫婦がいた。

安く輸入された外材で、住宅を建築したりパルプや家具を製造したりする時代になり、林野庁の造林事業がみどりのオーナーに損失を与えるという悲劇をもたらす時代である。

この実態を政府は、どれほど理解しているのだろうか？

親亀こければ、子亀もこける。親亀は未来を背負うはずの子や孫までも道連れにはしたくないはずである。

それなのに、ある副大臣は、公共の水さえも儲かるから売り物にすると言うが、水道料金が値上がりすれば、料金を支払えない貧困層はガスや電気はおろか水道まで止められ、死活問題になるという痛みが解らないのだろうか？

かつて、塩とタバコも国が公平を期して、専売公社で扱っていた。塩は製造者や技術的な増産が可能となり、公共でなくともよくなり、タバコは人体に有害とするうえで、公営企業にしておけず、民営化にした。これらは妥当な措置であった。

だが、全ての国民が生きる権利を放棄しなければならない、そんな不幸を許す政策はあってはならない。

生活になんの不自由もなく、お金に困らない人たちが、多くの国民の代表として、貧困の連鎖、格差のある底辺の人々の苦労を果たして代弁できるのだろうか？

昔、池田勇人総理大臣が、短期間で国民の所得を十倍にし、確かに豊かな社会にはなった。

だのに、こんな日本に誰がしたのだろう。

子ども食堂まで作らねばならない日本の現況なのに、総理は外交で数兆・数億もの大金を他国支援にポンと渡す約束をしてくる。しかも、国民は報道で初めて知る、事後承諾。どんなに良いことであっても、こんなことは国会で討論し、血税を納める全国民に周知・理解されてからにしていただきたい。

そもそも、独裁者の国家でもなく、三権分立で何故、領収書も不要な官邸特別予算だけが存在するのか、これ自体が法の下の平等に反してはいまいか。

前述では、世のため人のためなら消費増税もやむなしとしたが、ポイント還元なんてものので、人と時間の無駄遣いをする一時凌ぎの工夫をする余裕があるならば、これまでの失策の見直し修正にもっと力を注ぎ、お為《ため》ごかしはやめてほしい。

今、赤字であったとしても、目先の欲で判断せず、長い目で先を読み、国民全体に公平・公正なる政策を創意工夫されんことを心から願いたい。

あれこれ増税しなくても、必然的に物価の上昇にしたがって自動的に全ての分野で税収増になることを考えれば、政府がやろうとしている二重搾取的増税は国民を欺《あざむ》くものだと言えまいか。

どこかの政治団体が気付いて、頑張って阻止してもらいたいものである。

私が若ければ、何かの役にでも立ちそうだけれど、先が短いので……。ペンは剣よりも強し、なんちゃってね。

シニアの入り口付近の皆さんには、明日は我が身として、よ～く考え、団結して増税に反対を、などと騒いでみたものの、結局のところ無駄な抵抗に。

あ～　あ～あ　やんなっちゃった♪

あ～あ　あ～あ　驚いた　（「あゝやんなっちゃった」牧伸二のウクレレ漫談）の心境です。

長く生きていれば、姥捨山《うばすてやま》に出てくる経験豊富な賢いおばあさんのようにもなれる。なんてったって、曾祖母さんは物知りで、曾孫の私が成長するにしたがい、なるほどと頷けることがたくさんあったもの。

歳を取るのは止められないけれど、方針・政策は改善の方向にいくらでも舵を切り直せるよね。

近頃憂うること

最近の気候は、地球温暖化のせいか、夏の暑さはまるで亜熱帯のような蒸し暑さで、シンガポールやマレー半島のようなゲリラ豪雨に見舞われる。

しかも、台風は日本全国に豪雨被害をもたらし、被災地をこれでもかというほど繰り返し痛めつける。

太平洋側から発生する台風の目は、偏西風の影響で通り抜けず、まるでアジア大陸の防波堤のような地形の日本列島を襲う。

一説によると、気候を操作して集中豪雨を起こす兵器を有する国が彼方此方《あちこち》にあるらしい。

もしかしたら、日本は台風の目の操作で狙い撃ちされ、その被害の復興に国家予算を使い果たし、立ち直れないようにされてしまうのでは？

更には、平和ボケしているうちに地震大国の我が国土には、すでにスパイによって密かに爆発物が仕掛けられているという噂もあった。

そうでなくても、地震で山河などの自然や田畑・建物や道路に橋などの建造物の崩壊。追い撃ちを掛ける津波・火災・原子炉の爆発による二次災害まで起きている。

昔は、自然を活かした水力発電所だったから、放射能汚染の心配はなかった。

だが、昭和三十年代に、鳥取県の人形峠でウランが採掘され、これで町が栄えると人々は喜びで沸き上がった。

しかしウランは、広島・長崎に投下された原子爆弾の素でもあり、太平洋上でマグロはえ縄漁船員が水爆実験による被爆事故があったため、鉱山作業員に白血病などのリスクを伴うことが判明し、鉱山は早々に閉山された。

それなのに、東北地方が、先の原子炉建屋の二次災害で未だに立ち直れてもいないのに、政府は風力・太陽光による自然発電を推奨しながらも、原子炉の撤廃を先延ばしにするだけでなく、どんどん復活させている。

政府は、後々の子孫に対し、この誤魔化しの責任をどう取るのだろうか?

我が国は、海と川の水が大量にある。両親の実家では、昔から水車で自家発電の工夫をしており、両親の代になると屋根にサンヒーターを取り付け、湯を沸かしていた。

最近は、出先でもトイレの手洗いは、当たり前のようにセンサーで水が出る仕掛けになっているが、たぶん水力発電にしていると思われる。

それ故、我が家の手洗いも水道のパッキンの消耗がなく、衛生管理もできて、節電のできる水力発電にしている。

ちょうど、我が家の改築時期の新聞に、家庭用のベランダ取付型風力発電機が五十万円ほどで発売と載っていたので、設計士に依頼したが、買って取り付けるには至らなかったけれど……。

近所には、屋根に取り付ける太陽光発電設備や、ガスのエネファームシステムもあると思うが、土地の広さや南向きの屋根が必要との条件があるので、リフォームには水力発電がお勧めである。

各人が微々たる節電に、大自然の力を借りて活用するだけでも、地球の空気や自然を守ることになる。

もう一つ追加すると、電力会社が昔使っていた水力発電所を復活させ、貯水ダムの決壊を防ぐための放水が河川の洪水に拍車を掛けないように、日頃から水を利用するほうが良いのかもしれない。

ところで、話は変わるが、消費税増税のポイント還元はすでに行き詰まり、新たに予算化しなければ半年の公言を果たせないようだが……。

畏れながら、前述で警告申し上げましたのに、言わんこっちゃない。


次の話題は、東京オリンピックのマラソン会場の揉め事について。

テレビ番組では触れられていないけれど、マラソン会場が北海道に移ったら、チケットを買った人たちには払い戻しをするのだろうが、宿や旅行会社はキャンセルで赤字になるだろうね、と友人と話した。宿は冬季オリンピックのがあるけれど。

また、友人との話題から、夫と会場の変更について話しているうちに、夫がこのようなアイデアを出した。

暑いからとの理由なら、ハワイのホノルルマラソンは、早朝の涼しいうちの二時間でやるのだから、東京も薄暗い時間帯に始めれば、夜明けと共にゴールで、一番良い。

まったくその通り、関東は夜明けが早いからと、都知事の小池さんと陸連で反撃すれば良かったのに。

せっかく整備したのに、オリンピックの前座のような催しでお茶を濁すアイデアを有り難がっている場合かな～？

いくらオリンピック委員会のお金で、北海道のマラソンコースを整備すると言っても、雪のシーズンの見通しが立たないうえ、災害続きの日本列島は、復旧工事で人手は足らず、沖縄の宮殿火災の再建築でさえ伝統技術で働ける人の確保が課題になっている。

きちんと状況を説明して円満解決を。

それはさて置き　困ったもんだ

毎度のことながら　よく忘れる
さっきまで　やろうとしていたことが？
場所を移動したとたん　あれれ？
忘れちゃいけない　メモしておこう
さっきまで　書こうとしていたことが？

ボールペンを持ったとたん　んんん？

仕事の途中で　他のことに気を取られ
今の今まで　やっていた仕事は？
やっと戻ってはみても　あーあ

毎度のことながら　思い出せない
さっきまで　言えていた単語が？
姿形は浮かべども　うーん

毎度のことながら　本当に
冗談抜きで　困ったもんだ

そんなこと　あるある

玄関を出て　ン！　鍵かけたっけ？
玄関を出て　ポツンと一滴　窓閉めたっけ？
玄関を出て　ガス止めたっけ？
やっぱり、心配だから戻らなくちゃ

鍋をかけ　油断をして　真っ黒焦げ
鍋をかけ　火加減損ねて　煮えこぼれ
鍋をかけ　中身が軽いと　自動消火され
鍋をかけたら　そばについていてなくちゃ

外泊すると　電気の消し忘れが気になり
外泊すると　枕と布団に落ち着かず

外泊すると　服や荷物が物差しになり
身軽な外泊は　良いようで何とも言い難い

ふっと、記憶が飛んで甦る
人・物・花などなど　名前が勝手にワープする
あるある大事典に登録できるほど

こんなこと、あ～やだやだ

玄関は家の顔、履物をキチンと整理整頓しておけば、泥棒が来ても直ぐ判る。私は幼い頃から祖父母に言い聞かされ、毎日、母に玄関や家の外周りの掃除をさせられていた。そのうち、風呂の掃除からトイレの掃除も女の仕事として仕込まれた。おまけに、洗濯機がまだ家庭用に開発されていなかったために、自分の下着を洗うようにも仕込まれた。これは、多くの家で昔からそうだったのではないだろうか。

私は女の子だけが、何故、子供のうちから母親の手伝いをやらされるのか不満に思っていたので、友人たちに話を聞くと、特別扱いされて何もしなかった人、私同様に躾けられた人と様々であった。だが、主婦業をもっぱらやる母たちにすれば、娘の存在は助け舟だった？

やがて、洗濯の手洗いは、洗いだけが自動の洗濯機が出来て改善された。横に付いていたローラー式の絞り機は、モップ絞りの要領で絞るのが面白くて率先してやったものだ。今や濯ぎや脱水、更には乾燥までやってくれる時代になって、洗濯機が大変だった女性の救世主だったとは、にわかには信じ難いかも。

学校では、男女にかかわらず皆で掃除をするのに、家では弟たちには掃除をやらせないので、成長と共に不公平だと思っていた。

今では、トイレや風呂場は行くたびに気になる箇所をこまめに掃除し、大掃除というものはなくし、体力相応の美化に励んでいる。

この歳になっての仕事の一つに、玄関から道の掃除と草花の手入れに散水がある。

室内掃除後、一息ついていると、ごみ清掃車や郵便配達に宅配便、たまに日赤募金の方々がやってくる。

玄関前に風で飛んできた花びらや木の葉たちは鉢に入れて肥料にするけれど、自分たちがされて嫌なことを、素知らぬふりでやっていく人々には閉口する。

①　煙草と紙屑のポイ捨て！
②　ガムの吐き捨て！
③　飲物の空缶置き去り！
④　玄関アプローチに犬猫の糞尿置き去り！（たびたび汚れ落としに翻弄される）
⑤　花を無惨な姿にする！

特に困るのは、④のペットの糞の置き去り。清掃後に何故、他人の玄関前のど真ん中に？

歩道だって、通る人が嫌な思いをする。手抜きするなんて、やだね〜。

飼い主のマナーとして、出入り口は避けるなり、サッと紙を敷いて用を足させるなりの工夫を。

困ること、世の中にあり過ぎ

行きはよいよい帰りはこわい〜。

膝の具合が悪くなってからのこと。買い物などで出掛けると、「ようこそいらっしゃいませ」と上りのエスカレーターはあるのに、下りがないことがある。

帰りは荷物が出来て総重量が重くなる。それでなくても下りは膝にキツイのに、より負荷がかかる。手摺りがあろうがなかろうが、兎《と》に角《かく》大変だ。

だからと言って、地下鉄のように下りがあって上りがなかったり、その逆だったりするのも階段の長さによって年が寄るにしたがい辛くなる。

電車に乗れば、運良く席を譲っていただけることが多々ある。でも、優先席のそばで、もっと年配の方が立ち続けているのに、何故かタイミングが悪いせいか、元気そうなスマホいじりの方の目には留まらない状況も多々見受ける。

孫の虎チャンは、優先席でなくても、幼い子連れや年配者を見ると直ぐにさっと席を立ち、移動する。いつまでもこうあってほしいものだ。

先だって、孫たちの運動会を見に行った。親切にシルバー席があるところまでは良かったが、以前と違って本部席との間に通路が出来て席の前にロープが張られていた。

そのため席を立って行き来するのが不便になっただけでなく、前の本部・係席や来賓席と朝礼台の後ろの通路が、卒業生や保護者の撮影と見物で人だかりとなり、話し込む仲良しさんたちも群れ、ロープもないので、テントの中まで何度も入り込む図々《ずうずう》しい輩までいた。

当然ながら、シルバー席からは何も見えなくなってしまった。職員が声を掛けても埒が明かないため、注意札が目の高さにぶら下げられた。それでも、顔の前にあろうが読もうとも思わないのか、無視を決め込み、敬老席の表示も当然心の目に見えないようだった。

撮影コーナーや見学席は当然ある。それを知りながら、注意してもルールを守れぬ一部の保護者や卒業生の女子たち。心なしか真面目な男子卒業生が良く見えた。

申し訳ないけど、セールスお断り

新入社員研修で訪問宣伝、なんだか可哀想《かわいそう》だけど、サンプルもらうとあとで買う羽目になるから、御免《ごめん》ね。

重そうな箱入りの果物を提げて訪問販売、美味しそうだけど、貰い物の果物を傷まぬうちに食べ切らなくては……。残念だけど。

塗装工事のモデルハウス、安くするからモデル工事をやってと言われても、外壁から屋根まで綺麗にリフォームしたばかりで、対象外ね。

垢抜けた営業紳士の高級リゾート販売。建て替えたばかりの我が家にお金の余裕があると思う摩訶不思議。別荘なら田舎に親の待つ家があるから、悪しからず。

今日は良いお話をお伝えに来ましたと神様の導き、神様を真に信ずる人の眼は黒い瞳が溢れ出る泉のように見えるけれど。すみません、我が家は曹洞宗と神道を守っているので、パンフレットは郵便受けに投函どうぞ。

懐かしき日々

昔を思い出すこの頃

何でだろう、走馬灯のように昔のことが次から次へと浮かんでくる。足の手術後に歩き始めた頃からだが、お迎えが近づくとそうなるらしい。でも、未練がましいが、まだこの世でやらなくてはならない仕事があれこれ残っている。

私の寿命は、七十九～八十歳と手相観と修行僧に言われているが、夫は根拠もなく自分で八十歳が終点だと決めている。でも、取りあえずこちらの人生計画に合わせてプラス十年延長していただきたいものだ。

何故か、中学生の頃は大人になればテストがないと思い込んでいた。なのに、大学でもテストは続き、採用試験まであって愕然とした。しかも、それに留まらず、後々の役には立ったものの、車の運転免許を取るテストまで受ける羽目にもなってしまった。

テストなんて何歳になっても嫌なこった。

母の日は、母と花を思う

母は花が咲くといつも学校に届けさせ、花がない時期は習った生け花を持たせた。私は特に関心を持たないで毎週運んでいたが、保健室の先生に褒められた。

何故か生け花の師匠に認められ、大学生になった頃には早々と教授の免許皆伝。なのに、花の価値に疎く、師匠に頂いた貴重な石楠花《しゃくなげ》の苗床《なえどこ》を友達に全部あげてしまった。

勤めていた新宿区の中学校で華道部を指導した以外、まったく花に触れ合うこともなかったが、三十代になって卒業式の日に生徒から花束を貰うようになり、初めて花を愛おしく思うようになった。

六十代になって花を植えてみたが、母のように上手く栽培できず、花木で癒やされていたものの、近所への落ち葉や虫の害で刈り払い、今では狭い範囲で草花を細々と手入れしている。

私は中学時代から生け花を習うことになったのだが、何故早々とそうなったのかと考えてみると、嫁に行かせる娘に華道と茶道を身に付けさせることが必修だった時代の母が、女らしさ（？）に欠ける私に教養として学ばせていたらしい。そんな母心が、今更ながら解ったような。

父との思い出は、多すぎて書けない

私が子供の頃は、父親が近年流行りの体験学習をたくさんやらせてくれた。山に分け入り、茸や木の実を採り、滝に下りて珍しい植物を集め、川や海で貝や魚、海藻などをとり、食べたり標本を作ったりして遊びながら理科が好きになっていた。

父は家では料理をしないのに蒸しパンを作ってみせ、バケツに雪と塩を入れて温度を下げ、その中でコップにアイスクリームを作ってみせた。

また、電気の豆こたつと布団で鶏の卵をふ化させ飼育したが、雄鶏で毎朝コケコッコーと時を告げるため、近所迷惑との理由で胃袋に入ってしまった。

とにかく、軍鶏《シャモ》・ジュウシマツ・カナリア・インコ・文鳥・鶯・目白・雀などたくさんの餌代で家計が火の車となり手放した。が、自然に返した雀は、カナリアの鳴き方を真似て近所に来たよと教えているようにさえずっていた。

父の日と母の日

母の日の始まりだが、赤いカーネーションの経緯については小学校の頃から知識があった。

何故かというと、学校の朝礼で毎週クイズをやっていて、たぶん皆もやっていたと思うが、手を挙げて答えたいがために、家で物知り百科事典を読みあさり、偉人や諺などの予備知識を得ていたからだ。

それがいつの頃からか解らないうちに、母の日に赤いカーネーションを贈ることになり、暦にも印刷されるようになった。

我が家は、狭い公団住宅の1Kからの脱出でローンレンジャーとなり、返済後、夫の実家から借りたお金をインフレに合わせて倍返しした。その後、私の実家からもお金や食糧などの支援を受けていたので、両家に生活費の仕送りとお年玉を、夫の定年退職まで続けていた。

だからといって、言い訳にはならないのだが、母の日に意識してプレゼントをするようになったのは、孫の誕生で娘夫婦と同居をして落ち着いた頃からで、夫が買ったカーネーションの鉢を娘から渡された時、自分たちの親にあげていなかったことに気付いた。

そこで、実家の近くに住む下の弟夫婦が母に赤いカーネーションを贈っていたので、花代を送って便乗させてもらうようにした。

夫は十五年前から両親の介護で鳥取にいて、家事をしながら自家用車で県内の小旅行に両親を連れていくなど、孝行を尽くした。両親の亡き後は、タイミングが合えば、母の日には私の実家に菓子などを届けにも行ってくれている。

ところで、父の日は、昭和二十五年頃から日本に取り入れられたそうだ。それが、この数年前から母の日並みにご馳走やプレゼントを推進する広告が目立ってきた。

今の世の一般的お父さんたちは、乏しい懐からワンコインの昼食、あるいは手弁当で一日頑張って働いているにもかかわらず、昭和時代の現金給与と違う、有り難みの薄い安全な振込給与のためか、昔と存在感の重みが……。

共働き家庭も多くなり、家事や子育ても一緒にやっているご時世に、売らんがための宣伝広告は、さながらバレンタインデー・ホワイトデーのような趣ではなかろうか。

だからといって、父の日が不要というわけではなく、母の日が母を亡くして改めて感謝の気持ちや反省を込めて白いカーネーションを墓前に供えたという本質を踏まえたい。

人や家庭によってやり方に違いはあろうが、母と共に家庭や子孫を守る父としての姿勢こそが称賛に値する。

最近、孫が通う幼稚園で母の日の子供からの労《ねぎら》いの言葉カード作りがあった。母親である娘は結構嬉しかったらしく、見える所にいつまでも掲示している。

このようなことを、父の日に向けて各家庭や幼稚園・保育園で取り組むだけでも、子供の心の成長と共に、父親としての喜びと自覚を育む効果抜群のアイテムになり得るのではなかろうか。

母の実家で居候

私が二歳の時、母の出産で実家の祖母が母の世話をしにやってくると、私は祖父に連れられて母の実家へ行き、従兄弟たちと過ごすことになった。

男の子ばかりだったので、伯母はとても気を遣って畑の帰りに野苺を採ってきてくれ、何が食べたいのかもよく尋ねてくれた。

感謝すべき極めつきは、夜のトイレが怖くて行けず布団を濡らしてしまった朝である。伯母は食事の支度から畑仕事までしていたのに、洗濯機のなかった時代に敷布団のカバーを外して洗って干し、また元通りに縫い付けるといった、仕事を増やしてしまった。だのに、愚痴もこぼさず布団の始末をしている伯母は、見返り美人のようにとても綺麗で、優しかった。

そのうえ、食糧難なのに干し柿、干し芋、金盥《かなだらい》いっぱいの水飴に、築山の蜜柑や裏庭の棗《なつめ》などなどを用意してくれ、子供のおやつに事欠かなかった。

父の実家にも預けられ

祖父が私財を投じて作った道を岡山県境近くまでバスに揺られ、そこから山道を登ると山中の茅葺き屋根の家に辿り着く。そこは父が生まれ育った家である。

父の妹たちに相手をしてもらったり、囲炉裏の番をしていた曾祖母の焼き芋を炭焼き小屋の祖父に届けたりで、それなりに楽しかった。

病気になると祖母に背負われて町に下り、医者に行ったついでに剣道場の小窓から中を覗かせてもらったこともあった。

自然の幸を余すことなく活用し、食べるだけでなく、日用品や草鞋《わらじ》、炭俵《すみだわら》、石臼《いしうす》での豆腐作り、父が勉強していた水車小屋の発電ランプなどがあった。それも今では、文明の利器に取って代わられ跡形もなくなっている。

両親の実家の昔の風景がとても好きで、脳裏に深く刻み込まれている。

それが、一律な河川工事で川に河原もなく、舗装道路が石楠花《しゃくなげ》泥棒を助長して自然美を壊すなんて。

孟母三遷《もうぼさんせん》とも思えぬ引っ越し三昧

初めは両親の職場の穴鴨で暮らし、下西のバス停のおばあさんに女苑兵衛《じょおんべえ》（姫女苑の花から女性を、更に親しみを込めて○兵衛と呼ぶ）と呼ばれて可愛がられていた。

それなのに、子供の教育のためとやらで倉吉の成徳小学校近くの魚町で魚屋さん裏の新築に移った。大きな井戸が近所の生活用水だった。そこで、魚屋さんの子がオタマジャクシをすり身にしているのを見た。

また、遠くまでチンドン屋に付いて歩き、上灘小学校のお姉さんたちに家まで送ってもらったこともあった。

次に越した時は、岡田真澄そっくりのイケメン（叔母の義弟）の運転するオート三輪で荷物を運んでもらった。

葵町の加茂神社入り口のすみれちゃんの家に間借りしたが、魚町美容院のお弟子さんや一人暮らしのおばあさんも間借りしていた。

この神社だけでなく、近くには母の実家の祖父や曾祖父が祀司だった黒住教会もあった。

当然ながら、自然に足が向かい、その辺りをうろついて信心深くなったような？

この頃、突然貨幣価値が変わり、悲しいことに、母の家一軒分の持参金二千円が泡のように消えてしまったそうだ。お手伝いをして少しずつ貯めたお金で入学式の服が買えたのではなく、母の持参金が服に化けた。

その後、荒神町の玉川横の二階家を借りた。家主が成徳小学校の小使いさん（学校内の宿直室に住み、学校の施設・建物を管理し、休日の日直・宿直の先生の手伝いや、平日は先生方から頼まれた用事をする人。今の用務員とは仕事の範囲が違う）になり、学校内のお家に住むことになったからだった。

波板トタン屋根で、便所は壺に板を渡しただけの粗末な造りだった。川の向かいには荒神様が在り、裏はお寺の墓地。初めての風呂屋通いも、近道の墓場を懐中電灯で通る肝試し。

そのうえ、台風の大雨で床下浸水となり、大変な思いをした。更には、弟が玄関先の溝に落ち、手首にラクダのこぶのようなものが出来て手術をした。それなのに、災難が災難を呼ぶのか、学校でも頭に怪我をさせられ、包帯姿で帰ってきた。

住んでいる家がボロいと、学校では貧乏人と虐められることも多々あったが、町内会の皆さんとは仲良く、拍子木をカチカチ鳴らしながら夕方からの夜回りをするのが楽しかった。

やがて、母の神頼みで願いが叶い、鉄筋コンクリート造り三階建ての市営住宅一階が当たり、引っ越すことになった。

2DKで風呂付き水洗トイレ付きの文化住宅に移り、年に一度の大掃除の日には畳を外に出し、棒で埃を叩き出して日に当てるなどをしたが、今考えても昔は皆よく働いたものだと感心する。

市営住宅の両サイドの二階建て県営住宅は広い庭付き風呂無しなので、父の仕事仲間の一家が貰い風呂に来ていた。

当時の調理場や風呂は薪の時代で、我が家は父の実家から二トントラックで薪や炭俵が届き、何かと良かった。

ところが、「世の中は三日見ぬ間の桜かな」で、プロパンガスや電気製品の時代へと、あっという間にシフトされ、祖父の家の経済状況の悪化は、今にして思えば推して知るべしだった。

母の実家では、村長だった髭の長い曾祖父と曾祖母はいつも仲良く並んで日向ぼっこしていたが、祖父は教会運営と町会議員で多忙のため、祖母と伯父夫婦が農業をしていた。伯母は体が弱く、祖母も高血圧で倒れ、母が時々泊まりがけで介護に行くようになった。そのため、有り難いことに近くに住んでいた父の妹が、下の子供を連れて家事の手伝いに来てくれていた。

そんなこんなで、市営住宅から中学校は三十分もの遠い道のりを重い手提げ鞄と上履き入れを提げて通った。

中学校へは、成徳小の横の打吹《うつぶき》公園の桜並木を通り抜け、やたらと横にだだっ広く神社の石段のように高いコンクリートの階段を上らねばならなかった。

私は人付き合いは苦手だが、小学校からずっと一緒のいじめられっ子さんや、学校ではまったく話さないが勉強ができるかん黙さん、一匹狼みたいなチョット強持《こわも》て君が何気に仲の良い友達と言える。

三年生のある日、決して休まなかったいじめられっ子さんが二日間も登校しなかった。彼女の家は本当に貧しく、病院にも連れていってもらえず、日本脳炎で他界してしまったとのことであった。

仏壇に供えてあげたくて、林檎を二個買い、彼女の家を訪ねていくと、栄養失調でくる病になってしまったお兄さんが、休みの日なのに、たった一人で六畳一間の狭い家にいた。

家具はリンゴ箱一つ、白木の位牌があるのみ。こんな環境で六人が暮らしていた。当然のことながら風呂もろくに入れなかったのだろうが、多くの人は彼女が汗臭いと蔑《さげす》んでいた。

生活保護は受けていたらしいが、彼女は中学を卒業し就職できる日を目前にして、旅立ってしまった。彼女もどれほどか待ち望んでいただろうに。

国語の授業で、通学路の風景と旅立った友に思いを馳せ、詩を書いた。

それが何故か朝日新聞に掲載されていた。

ちなみに、我が家の新聞は毎日新聞で知らなかったが、朝日新聞を取っていた母の妹宅からの確認電話で分かった。

この詩は、国語科の先生方がコメントと共にガリ版印刷をされた手作りの作文集の五選目辺りにあったが、私にコメントを書かれた先生は完成前に急に病気で亡くなった。

水銀燈

行きに帰りに見つめる水銀燈
毎日
池の傍に立って震えるように
朝の霧に霞んでいる

たった一つの青白い光
それは
真夏のホタルの光のような
また
秋のすい星のように
人知れずそっとほゝえむ

雨の日ほど美しく耀き
霧の濃い日ほど冴えてくる
それなのに
夕日の美しい日には
誰も
この小さな光を見とめない
遠い　遠い所に旅立った人
その人の魂のように
また
人間の光以上の神のように
神秘でもあるようなこの光

毎日
行きに帰りに見つめる
こんな光が

心のずっと奥の方で
私をそっと慰めてくれる

母が折に触れて話していたこと

中学校の通学路に比べ、高校は住まいから格段に近く、三年生の自宅学習日も弁当持参で勝手に通学をしていた。

ある日、後輩が読む受験体験記に親子共々原稿を依頼され、母の辛かった心の内を垣間見た。

① これからの時代は、女性も大学へ行き働くようになる。

② 絵が上手かろうが、画家では食べていけない。
その根拠は、親戚に、教員をしながら個展をやっても、絵の具代にもならず、奥さんが

仕事をして家計を支えていた従兄弟がいた。

曾祖母の従兄弟は、亡くなった時に新聞で著名な日本画家だったと知ったが、お茶大（国立お茶の水女子大学）卒の奥さんが英語塾をやっていたので私も習いに通っていた。

その他にも大学で美術を教えている人がいたが、訪ねてもいかなくて卒業前に初めて顔を拝見した。また、趣味で特技の域に認められている小学校の先生もいた。

そのためか、私は絵を描くのが好きで、小学校の低学年の頃は漫画のような人物画を描き、友達には褒められていたが、母にはいつも漫画ばかり描いていないで勉強しなさいと叱られていた。

小学校高学年から中学生の頃は風景の水彩画を先生に褒められ、進路として美術の先生から母が美術を勧められたそうだ。

③　音楽も楽器にお金がかかる。
音楽は音が煩《うるさ》いし、お前はトッパズ（もっと遅い時代に生まれていたら、シンガーソングライターと言えると思うんだけれど、デタラメに歌を創って歌っていた）だし、練習で遅い帰宅が心配だと言って、市の児童合唱団を辞めさせようとしたら、先生が自転車で送

ってくださることになってしまった。

合奏団でも特大のハーモニカを担当していたので、中学校にブラスバンドが出来ることになり応募したが、男子ばかりだからと拒否されてしまった。

なのに、音楽の先生が母に武蔵野音楽大学に行った先輩のように進路を音楽にと勧めたらしい。その先輩は呉服屋のお嬢さんで、豪華なドレスに身を包み母校に来てオペラのような曲を歌ってくれた。

先輩といえば、元横綱の琴桜関が幕内力士になって母校に凱旋訪問した時、応援歌で歓迎したが、自分の教え子だと担任の先生が嬉しそうだったことを思い出す。

やがて高校に進学した私は、音楽部に入り、伴奏者の先輩に借りたバイエルで部活後、使われていないオンボロのグランドピアノで毎日練習をしていた。

結果的には、母が高校二年次の担任に説得されて音楽に決め、二年次から国立受験五科目に参考程度の試験が付加されるので、ピアノと楽典や聴音の勉強を始めた。

恥ずかしながら、幼稚園児と一緒に小学校の先生（中学の音楽の先生のお兄さん）のお宅でピアノを習ったが、我流で練習していたためリズム音痴の修正から始まった。

この頃、人数が少ない斜陽気味の部活の部長から後継者に指名されてしまった。取りあえず、親友の才媛たちをダシに同級生の男子を数人勧誘し、応援団員からスカウトしたミスターベースマンが部長に、新任教師を顧問として迎え、音楽部を再起動させることに成功し、どうにか肩の荷を下ろせた。

顧問は高校の先輩で、バイオリンが専門ではあったが、入試のための理論関係の知識を身に付ける学習について、楽典の本を読むようアドバイスしてもらった。

当然のように学校の学習成績はガタ落ちしたが、母には何も言われなくて救われた。

兎《と》にも角《かく》にも、校内順位が三分の二以内にいれば国立合格ラインとの旗印に、苦手分野を得意分野で穴埋めする戦法をとった。

なんとか、母の悩む学習環境を学校と図書館に見つけ出したため、あとに続く弟たちの進学への学資にも余裕が出来たらしい。

ところが、やはりというか弟も受験期に入って自分の部屋が欲しいと言いだした。

学校の教室は、もはや、自主学習登校で落ち着かない環境になっていた。

そこに、父方の祖父の弟が上井に別宅を建て、何かと便利になった事例から、長男の父にも家を建てる許可が出た。

祖父が山から、家の土台には水に強い栗の木を、柱には白木を製材して送ってくれたが、契約した会社の工務店が勝手に白木を持ち去り、柱を外材にすり替えてしまった。

余談だが、東京の我が家でも建て替え時にはガッカリした。建てる現場に住んでいて確認しなければ、設計士もずっと見ていて指示するわけでもなく、契約した製品の取り付けや設計がなかなか正確に実行されなかった。

だから、十五年が過ぎた今でもいろいろな不具合への対応が続き、出費が嵩《かさ》み恨めしい。

それはともかくとして、家が上井になったお陰で、大学への列車通学では風光明媚な日本海沿岸や山並みの朝夕と、日々変わる天候による景色や四季の移ろいを余すことなく堪能することができた。

片道一時間の車窓は、自然に溶け込む渡り鳥たちさえもヒーリング音楽の如《ごと》く。

そのせいか、上京してからの日々の電車通勤では、目が慣れるまで中央線沿線の都内の景色が灰色に見えて……。

しかし、馴れとは恐ろしいもので、麻痺してきた。なんといっても都会は何かと便利で、それなりに良い点も多々ある。ただ、そうは言ってもやはりこの歳になると、田舎の良さも捨て難い。

愛しき思い出

生き物たちとの出会い

父の実家には常に猫が一匹いて、体の模様でブチとか三毛とか富士と呼んでいた。結構賢い猫たちで、大きくなるにつれてこちらの心を読んでいるかのように反応していた。そして、ある日忽然と姿を晦《くら》まし、死に体を見せなかった。

玄関から下った小川と繋がる洗い場の所と蔵の近くの田んぼに繋がる山側に池があり、真鯉が赤い腹のイモリと共存していた。

そして、小川には山椒魚の生簀《いけす》があり、カエルや虫を餌にして飼っていた。

鶏小屋には白色レグホンの雌鶏に交ざって、連れ合いをなくした軍鶏《シャモ》の雄鶏が同居していたが、それらのあいだに白黒縞模様の雛たちが生まれた。まだ雛なのに、軍鶏よりも白色レグホンよりも大きくなった。

小さな体のお父さんの軍鶏の後をいつも大きな雛がカルガモ親子みたいにぞろぞろと付いて回っていた。それが、翌年にイタチの餌食となり、一家全滅の悲劇にあってしまった。

早朝に雨戸を開けて縁側に出ると、牛の餌の草刈りから祖父母が戻ってくる。祖父がべーたん子（子牛）を放して遊ばせ、親牛は下の河原に連れていき、水を飲ませながら体を洗っていた。

その間、祖母は草を切って糠《ぬか》を交ぜた餌を作り、米の研ぎ汁をバケツに準備した。それから、やっと朝ご飯を炊く。

鶏には曾祖母が牡蠣《かき》の殻を細かく砕き、草を刻み、糠と交ぜて与え、猫にもご飯に味噌汁とだしの煎り干しを入れていた。

こうしていつもの平和で平凡な一日が始まっていた。

ある時期、大学教授の弟さんが祖父の元で働くようになり、三朝の軽井沢と題して執筆投稿し、ラジオ放送されたこともあった。

母の実家もおおむね似たような感じだだが、炊事場がやたら広くかまどや流しが二倍あり、祖母たちが留守だと祖父が料理を作って食べさせてくれたものだ。

中庭の池には巨大な緋鯉と真鯉が泳ぎ、結核になった人を救うという金魚の池も、浅いが結構な広さだった。

山羊もいたが、牛も鶏も山中のように外には滅多に出さない飼い方だった。

前述したが、仮住まいの市営住宅では鳥たちの世話を散々やって、一喜一憂していた。

その頃、下の弟が近くの割り箸工場から木の削りカスを山のように持ち帰って、玄関に置いていた。すると、夜中にブーンブンブン、ガタン、ドシンと物凄い騒音が聞こえてきた。

皆で玄関の電気を点けて恐る恐る覗くと、段ボール箱の木屑の中から芋虫の蛹《さなぎ》が一斉に羽化《うか》し、カブトムシの大群となって狭い玄関の中を飛び回り、ぶつかりまくっていた。

蛍が入ってきて、イルミネーションのようにピカピカ光る情景とはえらい違いだった。

やがて、マイホームが出来て間もなく、今度は、上の弟が白いスピッツの子犬を貰ってきた。雄なのにチェリーと名付け、母が目に入れても痛くないほど可愛いがり、チェリーも母がいないと母の座布団にいた。

ある時、私は母に対し頭にくることがあり、人間のうちらより犬のほうが可愛いんか、と文句を言うと、犬は文句を言わないで甘えてくれるから、と言い返されてしまった。

夜に笛を吹くと蛇やキツネが出ると迷信のような話はあったが、ある夏の夜、窓を少し開けクラリネットの練習をしていると、チェリーがそばに来て座り、狼の遠吠えのように歌を歌い始めた。

すると、突然ドスンと何かが落ちる音がした。このジョイントコンサートに誘われたのか、一メートルもある青大将が出窓までよじ登ってきていたらしく、気持ち良くなったのか我を忘れたのか、床に落っこちてそそくさとピアノの下に隠れてしまった。しようがないので、テラスの戸を開けて脱出の道を作り、チェリーと部屋の外に出てドアを閉めた。その後、部屋に蛇が潜んでいる気配はなかった。

チェリーが三歳になり、凛々しく賢く毛並みの美しい成犬になった頃、父が散歩に連れて出ると、チェリーに惹かれてか父を慕ってか判りにくい珍事が始まった。

飼い主が引っ越して捨てられた犬たちが付いてきてしまうようになり、更にはその犬の恋人まで会いにくる事態となったのだ。

そんなわけで、母が保健所に引き取りを依頼した。学校から帰宅すると急に庭が広くなったかのように感じるほど静まり返っていた。

それから数か月後の正月の四日に、チェリーは母と出掛け、背後から来た車のタイヤの下敷きとなり、短い生涯となってしまった。

前日の夜は、この日を予知していたかのように、何故かしょんぼりと項垂《うなだ》れ、いつもなら喜んで食べるご馳走さえも口にせず終《じま》いだった。

父には、まるで自分の墓を此処《ここ》にして欲しいかの如《ごと》く、庭木の周りをグルグル回ってみせたそうだ。

弟はチェリーの遺体を抱きしめて泣き、母は仲良しの犬たちを保健所に渡したから天罰が当たったと嘆き、しばらく立ち直れないほど憔悴《しょうすい》していた。

母を見かねて、親戚の叔母がスピッツの子を見に来るよう呼んでくれた。母が車のドアを開けて降りるやいなや、まるで待っていたかのように、その子犬は自ら車に乗り込み、付いてきて母を慰めるチコとなった。

チコは長生きではあったが、最後は癌《がん》に侵され、チェリーと同じ所に葬られた。その頃、夢か現《うつつ》か私の布団の周りを数回何かがタカタカ走り回る気配がした。

夢といえば、身内の不幸があるたび、もろにその様子を夢で見て覚えているので、母に電話をかけその説明をすると、現実だった、ということがあった。

両親の事故のこと、下の弟が木の下敷きになったり、車で分家の叔父と崖から落ちたりしたこと。

二階で就寝中に、天神様が転がったり、斬られたりする夢を見たが、その時には我が家の一階に泥棒が入っていた。もしかして二階に来ないようにと身代わりになってくれたのだろうか?

甥が貯水池に落ち、下の弟が助けて人工呼吸をし、救急車で病院に連れていった時には、私は娘とデパートの子供靴売り場にいて、何故か不意にそこにある靴を甥に履かせたいと思っていた時だった。

自宅に戻り、母にそのことを話すと、甥が病院で生死の境をさ迷っていると聞き、私は義母の置いて帰った十一面観音様に救いをお願いした。幸運にも幼い甥は、水を吐いて助かった。

祖父母の亡くなる時は、その前触れが目の前や自分の身に起こった。

娘がボートに乗って行ったきり帰らない夢を見た日は、不吉に思い、スイミングスクールを休ませて、義父母共々高尾山に登ったが、翌日の朝刊で、杉並のスイミングスクールで女の子が水死していたことを知り、ゾッとした。

赤く染まった祠の中で、緑色の巨大鯰《なまず》が蠢《うごめ》く夢を見た翌朝、阪神・淡路大震災が起こり、阪神に住む義妹や従兄弟・従姉妹たちをはじめ、あちこちで親戚が被災していた。

こちらからの電話は繋がらず、安否確認もＮＴＴが臨時に設置した被災地からの電話でなんとかできた。

直ぐにでも、救援物資を届けに行きたかったが、道路事情がそれを妨げていた。

五月の連休を待ち、一番の被害者であった義妹の所に、家の補修工事費用の足しになるよう、幾《いく》ばくかのお金に、当座の食器と元気の出る甘い饅頭などを準備して夫と西宮まで車で運んでいってきた。

母も若い頃は、私のようにいろいろなことが分かったらしいが、だんだんと何も予知しなくなったとのことだった。

だからか、私もそうなってきた。

話が逸れたので、生き物たちにUターン。

その後、しばらくの間は両親だけで暮らしていたが、東京で飼っていた三毛猫模様のブチコを世話してもらうことになった。

ブチコ（サラエボオリンピックの年で会場名に因み）は、養護教諭宅に生まれた三匹の子犬の中で一番元気な子を貰ってきた。

だが、カルシウム不足で骨折したり、顔に皮膚炎が出来て足にも広がり、彼方此方《あちこち》の獣医にかかり、薬を貰うが腎臓がやられてムーンフェイスになったり、心臓まで弱って散歩さえも息切れするようになってしまった。

かかりつけの内科医院で犬の獣医さんを紹介していただき、往診してもらうと犬の勘なのかとても喜んで迎え、無事に体内は全快した。

そして、かかりつけ皮膚科医に特別にブチコの瘡蓋《かさぶた》を顕微鏡で調べていただき、真菌症の塗り薬を処方してもらえた。だが、皮膚は一進一退で手がかかるため、実家の近くに著名な獣医の病院もあることから、上井に連れていき、父に面倒を見てもらう運びとなった。

実家では、日中はテラスで番犬をして、夜は足を拭って室内で飼われていたので、夜は両親の布団の足元で眠り、朝になると父たちの顔を舐めて起こし、朝の散歩をした。

また、父は通勤に車を使っていたので、遠くでも父の車が近づくと耳と尻尾を立て、車が敷地に入るやいなや尻尾を千切れんばかりにブンブン振り、クンクンと甘え声を出す。

そして、玄関に上がると後ろ脚でピョンピョンピョンピョン飛び跳ねながら前足で抱きつき、よしよしと頭を撫でてもらいながら父の顔を舐めまわすのが、常日頃からの習慣である。

遠出の時は車に便乗して出掛けるのだが、ある日、父の妹宅に付いていき、裏庭の柿の木に繋げられていた時、通りがかりの犬に見知らぬよそ者だと吠えられ、逃げ惑って鎖に脚を取られ骨折してしまった。

ブチコは手術後も入院していたが、見舞いに行った両親に付いて帰りたくて檻の中で泣いて暴れまわったため、骨折を継いだところが曲がってしまった。その再手術の麻酔で、帰らぬ人ならぬ犬となってしまった。

五月の連休だったので、急遽東京から実家に帰ると、ブチコは庭に咲く牡丹の花が敷き詰められた棺の箱に入れられていた。

その一年後、向かいの家の柴犬の子犬を留守の間だけ預かることになったが、そのまま居ついてしまい、リリーと呼ばれて飼うことになった。そして、この子を最後に、父と犬たちとの生活は終わった。

その後、父の実家の跡を継いだ弟（次男）の所で猫と犬を飼うようになった。父は他界し、実家のそばの見晴らしの良いお墓に眠っている。

玄関先で番犬をしている犬たちの名前は、いちいち覚えてはいられないが、シベリアンハスキーから代々変わっても、どの子も初めて会った時から、まるで以前から知っていたかのように愛想がいい。

盆暮れで墓参りのために里帰りすると、車で駐車場に到着するやいなや、玄関前に立ち尻尾を振りながらこちらを見て、早く来て構ってくれと嬉しそうに甘えてくるから不思議だ。

父が可愛がっていた犬たちの魂が、父に付いてきて仏壇の番犬をしているのかも。もしかすると、犬の横には父が、その周りには祖父母に曾祖父母もが、迎えに出て来てくれているのかも。

「お前も年を取ったな〜、髪が随分白くなったな〜」といつも母が言うように。

所変わって、夫の実家にも裏に池があったが、義父の定年退職時の改築で中庭に移動し、雨樋《あまどい》の水が溜まる小さな池にしてしまった。

時は流れて、義母が両膝の人工関節置換手術を受け、炊事などが困難になった時、たまたまその頃、定年になった夫が船舶免許を取りながらインターネットで料理の腕を磨いており、実家で両親の世話をするようになった。

そして、池には金魚やメダカなどを飼っていたが、いつも敷地内には猫がうろついていた。だから、魚たちがいなくなるのは猫の所為《せい》だと勘違いしていた。

また、巷に出没する狸も容疑者になった。が、ある日、屋根の継ぎ目からイタチが顔を出しているところを目撃したため、屋根の出入り口に鼠取りシートを置き、池の周りに障害物を置いたが、何の効果もなかった。

しかも選りに選って、クリスマスイブの夜に、甥から預かった鯉の稚魚がすっかり食べ尽くされていた。

慌てて翌日、屋根裏を住処《すみか》にするイタチを追い出し、業者に頼んで屋根の継ぎ目を金網で塞いで入れないようにした。その後は、メダカだけを飼っている。

金魚といえば、子供の頃には金魚売りが、天秤棒に金盥《かなだらい》をぶら下げ、「きんぎょーえきんぎょー」と売り歩いていた。

いつも子供が野次馬よろしく見ているだけで、買うのはほとんど見たことがなかった。せいぜい、母の生け花用の水盤にミズスマシや浮草を入れて観賞していたが、何やら黒いゴミのような物がうごめくので目を凝らすと、予期せぬ副産物のタニシの稚貝がいた。

そんなある日、学校から市営住宅の我が家に帰ると、青い縁取りの綺麗で透明なガラスの金魚鉢に三匹の金魚が泳いでいた。たぶん、母が実家から貰ってきたのだろう。

餌はアパートの前の細い川からイトミミズを捕って与えていたが、金魚の体に原因不明の白いカビのような物が生えてきて、一匹また一匹と死んで浮いていた。

最後の一匹のために駄目元で赤チンを水に二滴たらすと、あ～ら不思議や、白カビは消え、薬が体に染み込んでいた。

ところが、弟が川から捕まえてきたザリガニが同居するなり、金魚の綺麗な尾びれはハサミでぶっちぎられ、どうやらザリガニが食べたらしいので、それ以来、ザリガニには煮干しを与えるようにした。

昔はさておき、東京で娘一家と暮らしている今でも金魚との関わりが続く。

夜店の金魚すくいに私自身は縁はないが、孫が出先で貰ってくることがある。最初は、虫を飼っていた大きめの長方形のプラスチックの虫かごに水を入れ、玉砂利を敷いて水槽代わりにしていたが、その後金魚鉢に替えたにもかかわらず短命に終わった。

最近、上の孫の学校の学園祭に行った下の孫たちが、金魚すくいで一匹貰ってきた。

以前とは違い、水草を入れ、モーターで金魚鉢に酸素を送り、餌を与え、網で金魚鉢のゴミを取り除き、水も毎日のように取り替えてもらう好待遇で、ついにペットの地位を獲得した。

一番上の孫は、学校から帰るやいなや、何はともかく金魚のご機嫌伺いに日参する。

そして、茶漉《こ》しで水に漂う糞や食べカスをせっせとすくって掃除をし、穴が開くほどジッと見つめうっとりとした表情で、金魚と自分だけのまったりとした空間に浸っている。

水中に鉛の重りを付けて入れているプラスチックの金魚でも、何もないよりマシだが、言葉は話せなくとも、やはり生きていて、こちらに何らかの反応をして動くほうが良い。

また、ペットのように飼ってはいないが、自然の少なくなった東京の我が家の周りにも生き物が潜んでいて、野鳥たちにもなんとか出会える。以前は、トカゲにイモリや大きな屋敷ガエル、たまに脱走してきたらしい亀などがいた。

今では、落ち葉や植木鉢の周りにダンゴ虫や蟻がいて、植物に蟻の放牧するアブラムシ、ウンカ、たまに蝶々やカゲロウ・黄金虫・地蜘蛛・カタツムリに、嫌なナメクジまで。

困り者は蟻の大群で、コンクリートの僅かな隙間や道路の縁石と敷地のジョイントの隙間にまで棲み着く。更には、地下の巣に飽き足らず砂漠の蟻塚もどきの城を地上に作り始める。蟻は、木に似た堅めの茎になる植物を選び、根っこからだんだんと地上の幹を取り囲み、砂のような白っぽい塚が上へ上へと伸びてくる。

観葉植物は硬い葉の付け根と幹の間に砂を埋め込むので、対処しやすいが、低花木は気が付いた時には枝に水分が上がらなくなり、花や葉が枯れ始め、すでに手遅れと化してしまう。

そのターゲットにされたのが、十三年間桜のように咲き誇っていたピンク色の白蝶草《はくちょうそう》で、寒い冬にも黄色い花を付け、雪さえ降らなければチェリーセージと共に年中無休で咲き続け、人間の仕業で折られたこともあったが、子孫を残し復活しただけに、悲しい。

しかし、こんなことでめげている場合ではない、なんとか小さな植木鉢にしがみ付いている白蝶草に頑張ってもらわなくちゃ〜、と肥料を買いに走った。

夏の日照りに負けぬようせっせと水を撒き、「種よ種よ、出来てくれ」と祈るが、花も実を付けぬまま枝と共に枯れ、辛うじて新芽を伸ばしただけだった。

ベヒシュタイン

輸入第一号のフォルテピアノが訳ありで、我が家に居座った。

元々我が家には、実家の両親が高校三年生の時に買ってくれたアトラスのアップライトピアノがあった。

話せば長くなるが、部活の先輩のようにピアノが弾けるようになりたくて、部活後残って古いグランドピアノで練習をしていた。二年生のある日、一万円で買える小型のピアノを新聞広告で見つけ、貯めていた数千円をもとに母に相談したところ、なんと父方の祖父が子牛を売って九万円のアップライトピアノを買ってくれたのだ。

ところが、調律師に勧められグレードアップ。相場が二十五万円くらいだとも知らず四十万円もの大金を叩くことになり、自ら修学旅行不参加を希望した。

祖父のピアノは従妹にやってほしいと言われたが、その後どうなったかは聞いていない。その従妹は音大を出て、ピアノ教室をやっている。

私のピアノは結婚と共に上京し、転居を二回繰り返して、ベヒシュタインに場所を譲ることとなり、はるばる実家に戻った。

実は、義父も音楽が専門職で毎日ピアノを弾いていたが、外孫の結婚祝いに贈ってしまい、ピアノがあったスペースは介護ベッドに置き換わった。

なんと天の配剤か、孫のお節介君（自分より先に人の面倒を見る）が幼稚園でピアノを習い練習するようになった。田舎に付いて帰っても練習できるように、再び実家からアトラスピアノを譲り受け、義父亡き後に設置した。

話はあちこち飛ぶが、平成五年頃から東京のピアノがベヒシュタインになり、十年後に三人兄弟の真ん中に生まれたお節介君が弾くギロック『雨の日の噴水』は、末っ子の虎チャンも好きらしく、何度もリクエストした。

このベヒシュタインは、調律師になっていた優秀な教え子に再会して以来ずっと主治医として世話をしてもらっている。

初節句

これを書いている今年（二〇一九年）も、早や、年末に近づいているが、平成十五年の大晦日は、聖路加病院で初孫のジャニーが産声を上げた日であった。

男の子に恵まれそこなった夫は、同居していた傍らで育ったこともあり、目に入れても痛くないほどにジャニーを溺愛し、高校生になった今でも鳥取から上京する時には、ジャニーの好きな和菓子を必ず持参する。

そして、中学受験で小学校高学年からどこにも行けなかったジャニーを、毎年のように彼の学期末テストの休みを使って温泉に連れていく。

鳥取の夫の両親にとって、外曾孫はいたが、ジャニーが内曾孫第一号になるので、両親に会わせるため、五月の連休に鳥取に呼び寄せた。

婿殿の実家からも誕生祝いを頂いていたので、急遽、「人形のはなふさ」へ節句人形を観に行った。

昔と違い、鯉のぼりを毎年泳がせるポールもなく、数年で持て余すことになると、それらを集めて箱根の金時神社や遊園地で宙に舞わせたり、彼方此方《あちこち》の川の上をロープに吊り下げられ、風に吹かれて泳いでいたりするのが伝統行事にすり替わってしまった。

そして、各家庭では、ミニ鯉のぼりがベランダや二階の軒から泳いでいる。

また、今では女の子の雛人形も同様に、出し入れが面倒になり、お寺や神社の石段にズラリと鎮座させられている。

それを承知でいても、私たちのタガが外れて、良い作品を見れば吸い込まれるように惹き付けられる。そして、分不相応だとは思いつつ、ついつい漆塗りの台に屏風を立て、兜と太刀に弓を飾る豪華セットに子供用の烏帽子《えぼし》・陣羽織・ミニ鯉のぼり付きを張り込んで買ってしまった。

五月人形が届くや否や、大切に扱うようにと、白い手袋まで添えられていたので、娘の雛人形の出し入れ係だった夫が、床の間に上手く飾ってくれた。

私の実家からいつも作ってもらう熊笹で包んだチマキと、買った柏餅（昔、鳥取県では提灯カズラの丸い葉っぱで代用していた）や、お神酒《みき》も飾り、ジャニーに陣羽織と烏帽子を着けて記念撮影をした。

その後は、セットを東京に転送し、直ぐに出し入れできるように、ベヒシュタインの下に入れた。

だが、何やかや余計な物が周りにひしめき、面倒なことに相成った。

その四年後に生まれたお節介君に至っては、黄色い木枠のガラスケース入りの伊達政宗が、見た目の良さで選ばれ、その時の候補でオルゴール付き黒木枠ケース入りの伊達政宗が、更に三年後に生まれた虎チャンの所有となった。

今では毎年、ジャニーの兜だけと二人分の伊達政宗を並べて飾っているが、大きくなった下の二人も、兜が一番好きだという。しかし、セットの兜だけでも目立つのに、セット丸ごと出したら下の孫たちに差別だ~と文句を言われそう。

モテモテ男子

ジャニーが幼稚園の頃、バレンタインデーにチョコを渡そうと、女の子たちが持ってきたらしい。

だが、ジャニーはアレルギーで食べ物に恐怖心があり、牛乳の使われている洋菓子類もあまり食べようとしなかった。

そんな彼は、誰かに取りあえず一つ貰ったら、「一つあるから、もういらない」と断り続けながらも、仕方なく貰ってくるのだが、ホワイトデーのお返しは、子供の母親にとっては落ちのないようにと準備をさせる気配りがいる。

体が大きくなる養分が食べられないので、小学校時代は、男女合わせてもず〜っと小さく、骨皮筋衛門《ほねかわすじえもん》でひ弱な感じだった。

だが、幼稚園と小学校一年生の時、敬老参観日があり、ジャニーのダンスや発表は他の子と比べても見劣りせず、家で描いたのを見たことはなかったが、絵が上手く描けていて驚いた。特に、一年生で描いた新幹線が目を引き、誰の作品か名前を見に行ったらジャニーの絵だったので、写真を撮っておいた。

ジャニーは、私の理数系と美術、夫の音楽の感性を受け継いでいるように思う。

ピアノに触り始めた年齢は他の子より早かったが、娘にスポーツを仕込まれて、ピタッと遠ざかっていた。だが、お節介君がピアノを習い始めた頃、三年生のジャニーが夜中にコッソリやってきて、即興で自作のメロディーを弾き始めた。

私は音楽教師という仕事柄、音に辟易しており、コズミックフロントで流れる癒しの音の類が好きになっていた。

ジャニーが醸し出す音の響きと即興詩人のような、心惹かれるヒーリングミュージックに、彼の音を保存したいと思ったが、録音器類は廃棄し、再生機しかなく、急いで小型カセットを調達してもらったが、彼はその後まったくピアノに触れなくなった。

その代わりに、私に叱咤激励され、泣きながらもコツコツ努力を重ねたお節介君が、幼稚園の頃からピアノ発表会では学年のラストを飾るようになった。だから、その曲を収録し、私がリハビリで入院中に聴いていた。

シャイなジャニーも男子校の中学時代になると、クラス会のご案内電話が女子たちから来るようになって、たどたどしく返事をしていた。

さすがに、高校生になる頃から浮いた話は聞かないが、弟たちを仕切るしっかり者になったので、未来の話ができる。

次男坊のお節介君は、幼い頃は夜中にいつまでも眠らず、ジャニーと親たちが先に二階に行き、遅くに娘が迎えに下りていた。

彼は、ウダウダ言いながら一人で居間に残されて遊んでいたので、見るに見かねて、私の部屋に連れていき、テレビを付けてベッドの上で遊ばせていた。そのうち、いつも私の所で背中を掻いてもらうと眠るようになり、「お兄ちゃんはママ、僕はおばあちゃん」と言って分かれて寝ることが自然になり、お受験用の塾も私の役目になった。

ところが、お受験で親子面接があるため、親の所で寝起きさせようと娘が二階に連れていくことになった。その時は、離されるのが悲しかったようで泣きじゃくり、かわいそうであった。

彼が二歳の頃、私は非常勤の嘱託員だったが、休みの日も暇なので勝手に働いていた。そんなわけで、勤務予定日にお節介君の面倒を見る予定が入ると、勤務日を出勤しない日と振り替えて休みにした。

その休みに、ＮＨＫの「みんなの歌」を歌うヨチヨチ歩きのお節介君を連れ、弁当持参で雑用を手伝わせながら、本棚整理の仕事をしていた。

帰りには三鷹駅からグラウンドを過ぎた辺りになると、さすがに疲れるらしく、大の字に両手足を開いて抱っこしてポーズをしていた。

こんな彼も、今では中学校受験で、ジャニーの時同様に、母親ベッタリまったりになっている。

今の顔からは想像できないと思うが、幼い頃から低学年までは、夫の幼い時の顔そっくりで、貴公子然とした雰囲気と、世話好きで何でもやりたがるからか、ジャニーとは違ったモテ方をしていた。

娘さん本人はどう思っているのかは分からないが、本人よりも母親たちに気に入られ、次男だから婿に来てほしい、と早々と声が掛かり、家族の集合写真で年賀状が届く。

私としては、鳥取の産院で生まれ、何にでも興味を抱く彼には、鳥取に住んでもらう候補であってほしいのだけれど……。

虎チャンは、幼い時から人見知りしがちで、女の子が近づいて話し掛けてきても、知らんぷりして、僕は関係ありませんスタイルを貫いている。

こちらが、聞きたいことを話し掛けても都合が悪いのか、さっきのことでも、忘れたとすっとぼける。

しかも、ピアノに触らせるとバンバン叩く弾き方で、おじいさんピアノが壊れるのではないかと焦らされた。いずれにせよ、私が苦労したピアノの基礎だけは、同じ轍《てつ》を踏まないように触らせたので、弾きたくなった時に、努力すれば弾けるようになるだろう。

モノ作り大好きな虎チャンだけあって、コンピューター操作に関してだけは、特に教えなくても簡単に操作する。

上の兄たちには、遊ばせながら、ワープロでローマ字入力を練習させておいたので、スマホ時代になっても困らないが、今ではタブレットが聞き取って検索するから、そのうち、文字入力も簡単になるに違いない。

モテるのは、彼ら男子ではなく、実のところは構ってほしいエールを送られている娘こと、彼らの母親で、受験でお節介君に母親を取られた形のジャニーと虎チャンは、隙を見てデレデレ〜である。

気配り上手

早くから気配りができたのは、やはりジャニーで、ヨチヨチ歩きのうちから整理整頓はするし、食べ物を人に持ってきてはどうぞと勧め、人の気持ちを知ろうと顔を覗いていた。

サイドボードの小さな扉を開けてお尻を突っ込んで腰掛け、膝に肘を置き、顎を載せてみせたり、ピアノを弾きながらこれでどう？ とこちらを見てニッコリしたりするなど、大人の心を読んでいるかのように振る舞った。

お節介君は、何をしたいのか、オモチャはポイポイ投げるわ、Eテレの「えいごであそぼう」やミッフィーが英語だと嫌がって切るわ、どうなることかと思った。

だが、仕事に連れていくと、せっせと資料を運ぶ手伝いをし、大人たちと可愛らしい受け答えをし、大きくなるのが楽しみと言われるまでになった。

しかも、お受験塾に通い始めると、集団行動で周りの人たちの世話役を果たし、自分がやることを慌ててやる気配り上手になった。

虎チャンもヤンチャでこれこそどうなることかと思いきや、小学生になったら私が風呂掃除をすれば手伝い、靴やスリッパを揃えると同じことをやり、洗濯物を干そうとすれば籠を運び、余計なことにまで出しゃばり叱られるが、現在は他の子よりは気配りをして、褒めてくれないかな～と期待の眼差し光線を投げかける。

どの子も、それぞれ自分にできることを手伝ってくれるように成長し、私が椅子に上っても手の届かない天井の換気口はお節介君が掃除を覚え、神棚のお札交換やお金の節約と使い方はジャニーが気を遣う。

共通している気配りといえば、精神安定している我々祖父祖母《じじばば》に対するよりも、やはり両親に対する気の遣い方のほうが、超感度の良いアンテナ受信網を張り巡らしている。

それにしては、学校やスイミングで、自分のものを間違えて持ち去られても気付かないだけでなく、自ら忘れ物・落とし物を多発させている。

子守りで社会見学

最初は、お節介君が娘のお腹に宿った頃、ジャニーを、土・日曜日に東急デパート屋上遊園地から井の頭公園や上野動物園に連れていき、お受験後には、友人の属する銀座の書道展にも出掛けた。

駅出口までの通路では、身の軽い彼は足が速く、先に行っては時々私のほうを見遣り、後戻りしては私を心配しながらの前進で、わけも分からない書道展の会場内を走り回る珍道中だった。

やがてお節介君も連れて出掛けるようになったが、コンビニでおやつとお握りに飲物を買い、電車で上野動物園に行った時には、二人の性格の違いがくっきりした。ジャニーは写真を撮る場所の指示を待ち、お節介君は自分で見つけてはサッサとパンダ像の膝に座り込み、ハイ取ってちょうだい、ピースポーズなのだ。

多摩動物公園の昆虫園前広場で、先に巨大バッタのステンレスアート彫刻の背中に乗るのも、立体画を見つけたり、オランウータンの所へ行こうと誘ったりするのも多趣味のお節介君が多く、ジャニーは物静かにさり気なく弟を気遣う兄であった。

その後は、東急の車運転に飽き足らず、京王れーるランドでの電車運転体験、地下鉄博物館での運転体験と続き、やがて、階段の上り下り続きの上野の国立科学博物館、北の丸公園の科学技術館で車の運転体験シミュレーション、京橋の警察博物館で白バイ隊員やヘリコプター操縦士体験をしてピーポ君ファイルを、四谷にある消防博物館のヘリコプターシミュレーションに行って歌舞伎絵団扇を貰った。

そして、都立公園に戻り、浜離宮恩賜庭園から十月桜やモノレールを見た後、入り口の公園の遊具で遊ばせた。

そのうち、ゆりかもめで日本科学館・水の科学館・テレポート・ガス科学館・船の科学館・フジテレビのレストランなどに行き、臨海線でのリスーピア・国際展示場でのビッグサイト国際鉄道模型ショー、根岸線でのみなとみらい科学技術館で飛行機操縦体験、調布のジャクサ（ＪＡＸＡ宇宙航空研究開発機構）見学をして回った。

浅草にも連れていき、人力車に乗り、出来たてのスカイツリーをバックに記念撮影をして、夫にはがき印刷をしてもらい飾っている。

この頃、虎チャンが生まれ、何故だったのかは記憶にないが、虎チャンをバギーカーに乗せ、三歳のお節介君と七歳前のジャニーをタイヤ付きの立ち乗り台トレーラー（？）に立たせ、総武線で両国国技館前の大江戸博物館に三人まとめて連れていった。

風の吹く寒い日であったが、看板の見える階段前で記念撮影をしておいた。

そして、ジャニーが中学受験の塾に入り、お節介君と虎チャンとの社会見学に変わったので、一通り過去の経験を復習した。

だが、各施設のサービスは縮小されたり、改悪されたりしたので、新しい企画として、郵政博物館の配達体験シミュレーション、お札製造博物館、切手の博物館、こども科学センター・ハチラボ、ＮＨＫスタジオパーク、杉並児童交通公園での自転車、東京タワーを追加した。

電車乗り継ぎ体験として、千葉ニュータウン中央に住んでいる彼らの又従兄弟の家まで行ったり、つくばエクスプレスに乗っておおたかの森で私の弟夫婦に会ったりしたが、虎チャンが人見知りしてドーナツのお誘いを断った。

極めつきは、早朝休日ホリデー快速富士山号で大月まで行き、富士急行線に乗り換え河口湖まで富士山特急で行き、折り返しでトーマスランド号のキッズ運転席で大月に戻り、ホリデー快速で戻るハードスケジュールを熟した。（ジャニーも夫と中学生のときに行った。）

その後、中学受験のお節介君が四年で抜け、虎チャン一人になり、都電荒川線での荒川遊園地・王子ホビーセンターが加わって社会見学は終わりとなった。

ウルウルの眼差し

孫の虎チャンは、生まれ年が虎のせいか気性がえらく荒っぽい。ハイハイできるようになった頃から、可愛い顔して思い通りにならないとやたら噛み付くわ、引っ掻くわで、まるで獰猛な子猫。

靴を履いて外に出るようになると、自宅近くに戻ったり方向が家に向かったりしていると察知するやいなや、歩かなくなり座り込みや寝トライキを実行する。更には、無理に引き寄せると反り返って大声で泣き喚く。

到底、おんぶも抱っこも無理。置き去りにすると脅したり、ママが待ってるよとすかしたりしても効果なし。やむを得ず、かっこ悪かったが荷物のように肩に担いで連れ帰った。幼稚園の送迎バスの所に母親の代わりに私が迎えに行くことがたまにある。お節介君と二人がバスから降りてくるのだが、いつも虎チャンはブー垂れた顔でサヨナラの挨拶もろくに交わさず、母親の送迎でないことに不満の体だった。そして、いつものように家にあと十メートルくらいに近づくと、帰らないとぐずりだし、置いていくと言って私が少し離れたら、「置いていっちゃあ危ないからダメだよ」と優しいお節介君が弟をなだめて連れてきた。

このことは、虎チャンもよく覚えていたらしく、小学二年の最後に担任が作らせてくださった自分史記録に、その時の反省を書いていたので、驚くとともに子供の作品ケースに収めた。

そのうちこんなこともなくなり、あちらこちらと和気あいあいで出掛けていたが、最近は電車巡りとバス巡りにハマり、宿題を頑張ったからタブレットで駅メロの動画を見たいと目で訴える。

言わずもがなの阿吽《あうん》の呼吸で、大っぴらには言えない何かを頼みたい時には、おやつが食べたいは口のパクパクで、タブレット貸してほしいはこちらの顔を覗き込んで目を見つめる。

このウルウルの眼差しにどうにも負けてしまい、「十時には寝るんだよ」になる。

やがて虎チャンは、上の兄たちと同じく自主学習の塾に行くことになった。最初の頃は直ぐに終わっていたが、添削指導を並んで待つある時からだんだんと出てくるのが遅くなり、単純な計算なのに迎えを二時間も待たされるようになった。しかも、何日も同じプリントが出され続けて先に進まない。

そこで、窓からカーテン越しに覗くと、添削に並んでないでウロウロしている子や、虎チャンのようにぼうっとして何もしようとしない子がいた。

やっとこさ出てきた虎チャンに聞くと、添削合格するには、限られた時間内の提出をする必要があるのに、時間を気にせずゆっくりやって良いと言われたから並ばないで座っている、とのたまう。

えっ、入って間もなかった頃に時間のことを説明されていないうえ、「問題を解くのはゆっくりでいい」を真に受けてしまったのか？

そのうち、嫌気がさして虎チャンは兄たちの通う吉祥寺の塾に早々と替わってしまった。

習い事や塾といえば、娘が幼い頃に電器の会社がスイミングクラブとテニスコートを作り、市民にも利用させてくれた。

黄色の可愛い水着姿の娘は、ギャラリーから直ぐに見つけることができた。やがて、娘は選手養成コースになり、学校でも活躍した。

しかし、三歳のある時から髪に軽いウエーブが見られるようになった。夫の軽い天然パーマの隔世遺伝だと気にも留めなかったが、あろうことか、プールの水質が髪をアフロヘアに変化させた。

しかも学校では、家が火事に遭ったクラスメートの見舞いに協力をしたのだが、火元の家の子にゴミ箱を頭から被せられ、隣のクラスの男性担任に助けられた。

娘に訴えられて、その子も大きくなれば心が育ってやらなくなると慰めたが、今考えれば直ぐに担任に面会して話すべきだったと思う。何故ならば、担任の若い女性は、親子面談で、いじめられて困っていると本人が訴えているのにもかかわらず、「違うでしょ、あなたが泣かないから分からない」とおっしゃった。

教師は若いと、子供と仲良く人気もあるが、人によって違いはあるものの、細かく気が回りきらない。親に成り代わる目の配りは、一年の担任だった年配の方はさすがだった。

私は仕事で身動きが取れないため、疑問点を書いて娘に届けさせると、丁寧なお返事を頂いた。

あの時の件で、後々、お母さんは助けてくれなかったと娘には根に持たれてしまった。

そんなこともあり、娘に水泳をやめさせ、鍵っ子対策で塾に行かせた。ところが、皆が解かるまで連帯責任とやらで、午後十一時になっても帰ってこないことがあるようになった。

中学三年の娘を心配し、帰宅の遅い父親さえもスーツを脱ぐなり家の外に様子を見に出たり、たびたび吉祥寺方向に迎えに行ったりした。

電話は苦手だが塾に電話をすると、運良く心の相談員だった方が転職してきておられ話しやすく、女の子は早く帰してほしいと訴えた。

脱線してしまったが、孫たちもスイミングスクールに行っている。娘の通っていた所はとても気持ちの良い男性警備員さんたちがいて、入り口にあった滑り台やブランコに幼い子供が来ると声を掛けて安全を見守り、立ち寄って遊ぶだけでも突然の雨に傘も貸してもらえた。会社前の信号機の所を通るだけでも、初老の女性警備員さんたちが声を掛け、娘の時だけでなく、孫たち全員のことも見守ってもらい、お菓子まで頂いた。

しかし、今ではサッカーコートだけになり、マンションになってしまった。あの警備員さんたちにはもっと働いていてほしかった、どうしておられるのかといつも思う。

そのスイミングクラブに代わるようにタワーズマンションの中にプールが出来、一番上のジャニーが小学校の入学と同時に入った。設備のロッカーは中が見える棚なのだが、帰りに脱いだ水泳パンツをたびたび他の子が持ち帰ってしまい、翌週受付の電話連絡で受け取りに行った。

だから、お節介君の時は古くからあった別のスイミングスクールに通うことになった。彼は可もなく不可もなく無事に一級合格で終了し、塾に専念することとなり、今では虎チャンだけが続けている。

ギャラリーで見ていると、虎チャンはいつも背筋をピシッと伸ばしてビート板に座り真面目にやっているが、水に入っている時に、何故か前後にやんちゃ坊主がいて、水を掛けられたり押されたり順番を無視される。

あとで聞くと、速そうだから先に行けと言われて泳ぐと、遅いから邪魔だと言われ、後ろに代われと言われて泳ぐと、速すぎると文句を言うらしい。

挙句の果てに、何度もちょっかいを出されて我慢の限界でやり返した途端、虎チャンだけが叱られていた。だから、周りと離れていたり、カッとなって手を握りしめ歯を食いしばって硬直したりしているのに、それに気が付かないコーチに逆に叱られてもいる。「三十六計逃げるに如かず」、練習曜日を変更した。

虎チャンを見ていると、何だか昔のことを思い出す。まるで、自分の下の弟を見ているような気がする。

下の弟は、上の弟にくっついて回るあいだは平和なのだが、同学年で遊ぶ中には入れてもらえず、やむを得ず自分の学年に入るのだが、虎チャン同様人見知りで、なかなか打ち解けていくことができないタイプだった。

私も一人でいるほうが好きなのでなんとなく分かるが、周りにやりたくないことを無理強いされ、上手く拒否する術がなく口も達者でなければ、やむを得ず何かに当たる行為をするしかない。

弟が小学二年の頃、担任の先生に彼が暴れて手に負えないから、止めに来てくれと呼びに来られたことがある。

教室に行くと、弟は「姉ちゃん！」と叫んでしがみついて泣いた。怒りで笛を投げたら折れてしまい、弁償しろと取り囲まれて、逃げようとしたのであった。

家では、笛を折ってしまったことで父が怒り、百叩きの刑だと言って弟を薪で叩こうとした。理由は聞かず、結果だけの仕置きに、私は「やめてくれなければ家を出ていく」と、とっさに抗議し外に行こうとしたら、上の弟も「僕も行く」と一緒に付いてきた。

二人で市営住宅裏の土手に登った。外はもう暗くて、川面も河原もよく見えなかった。行く当てもなくしばらく二人で行ったり来たりうろついて、元の所に戻ったら母がいた。

母がなんとか父に執り成してくれたらしかったので、ホッとした。家にも入れ、付いてきた上の弟とも団結できた。こんなことを弟たちは覚えているのだろうか？

兄弟は他人の始まりだとも言うが、血は水より濃いであってほしい。

夫が孫たちによく声を掛けているが、「兄弟仲良く助け合うようになるんだぞ」は本当に願わしい言葉だと思う。

なんであれ、どの子も切磋琢磨する中で、強く逞しく優しく育ってほしい。

だのに、虎チャンときたら、直ぐにカッカして兄たちを追い掛け回す。上の二人も、どうでも良いことをしたり言ったりの繰り返しで、煩《うるさ》いのなんのったらありゃしない。そのくせ、親の目を盗んでは仲良く狭い所で野球ごっこをして遊んでいる。また、ビデオの録画やテレビの人気番組も仲良く息抜きしてこっそり観ている。だから、親の気配で慌ててテレビのスイッチを切る。

ダラダラと続けないよう、早う勉強を始めんかいと、親の代わりにこちらが言わねばならず、まあ困ったことでもある。が、今時の子供たちは勉強漬けで、学校と塾の両方の宿題を抱え、自由に遊ぶ余裕もなく気の毒な世代だと言える。

年上になるほど、悟りの境地になり、息抜きも要領良くなるが、虎チャンは勉強が嫌いで、新聞の折り込み広告の裏にバスや電車の路線図を描いたり、切符や駅のホームをいつも創り出す。

小学二年生の頃までは下の子になるほど、土・日曜日にはよく資料館や科学館へ連れていった。

いろいろな電車やバスを見たり乗ったりしたが、虎チャンはいつも乗り物の運転席そばの窓ガラス越しや最後尾の窓に立ち尽くして景色を見ていた。

乗り物で苦手なのは飛行機で、耳や頭が痛いと嫌がって、鳥取へ行くのに新幹線と姫路乗り継ぎの特急白兎に乗りたがった。

最近は、イヤホンで音楽を聴いたり、テレビを観たりすることで、速く行くことのできる飛行機にも馴染んできたようである。

船も井の頭公園のボートに数回乗せただけで、両親の介護で横浜アリーナから鳥取の賀《か》露《ろ》港に陸送したクルーザーのドルフィンにも、天候と波の具合で乗せたかどうか。

テレビ番組の『鉄道・百選』や『鉄道・絶景の旅』を見ながら育った虎チャンは、国鉄で働いていた夫の祖父や叔父の血を引いているらしく、鉄道模型の運転が大好きで、連れていってと見つめてくる。

孫の詩

ある日、虎チャンが夏休みの宿題で書いた詩を国文科卒の娘が添付メールをしてきた。

本人曰く、五分で枠をはみ出して書いたそうだが、只者《ただもの》とは思えぬ大人びた作品なので、消えないように書き留めた。

『消しゴム』

筆箱に入れる時は　しずかだったが
字を消して来たら　随分威張り始めた
消しゴムよ　字を　消し
　　町を　消し
　　地球を消し
　　宇宙を消し
　　未来を消し
世界が　消え
自分も消えてしまう
何もかも　消える
消してる自分の手が
何故か　止まった

私が小学生の頃、打吹山《うつぶきやま》を描いた作品を美術の先生がコンクールか何かに出すつもりで、一度親に見せてこいと渡されたが、荷物になり面倒だったので、しぶしぶ教室に持ち帰った時、何かの水が掛かり、結局お釈迦になってしまったことがある。保管が苦手で、他にも文や絵が朽ちてしまったことがある。

その反省はまったくしておらず。なんとなく、幼少時に娘が描いた絵で、これはと思った作品は保管しておいたが、本人に戻したので何処《どこ》かにしまっていると思う。

大体私は、泥棒が入っても判るようにと、家の周りから室内の整理整頓を仕込まれていたので、結構物を廃棄処分してしまうタイプだった。

だからなのか、兎《と》に角《かく》、娘は何であろうとしまい込むタイプで、子供部屋の予定だった屋根裏スペースには、孫三人分の収納プラスチックケースが山積みされている。

こんな私もだが、ここに来て義父母のあれやこれやが愛おしくて捨てられず、鳥取の家では、夫が義父の衣類を、私は義母と母の衣類を着て生活をしている。

ここで、虎チャンの作品をもう一つ。

『時　計』

時計　それは何を表す
時間ではなく
未知の世界を表すのだ
時計は　一生回り続ける
未知の世界まで　回り続ける
つまり　一生だ
これでは持ち主が
一万回以上　変わる
それが　嫌なのか
急に　針が止まった
一生　動かなかった
やはり

「持ち主」の事だろうか

作　令和元年七月二十三日

虎チャンの将来は?

八月末、鳥取の実家にいた私のところに娘からメールが来た。

東京では、お節介君に熱を伴うおできが身体中に次から次へと出来て、ジャニーは風邪で、虎チャンが吐くなど、孫が残暑に祟られ、婿殿まで体調を崩して医者通いをし、男たちが総崩れで困り果てていた。

私は九月初めに十日間、東京に戻る予定にしていたのだが、戻ってみると、重症のお節介君は瞼が腫れ、目ヤニで目もふさがって、六年生でこの大切な時期に塾の講習にも行くどころではないありさまであった。

婿殿は八月末の不調は夏季休暇を充て、九月は積み残し年休の消化で対応することにしたようだ。

だが、勉強が遅れてしまう心配のある子供たちは、夏休みも終わり、欠席届けを出すので、受験者のお節介君にはマイナス点にもなってしまう。

あ～エライこっちゃ……。

帰宅すると、不調だったのは人間だけではなかった。

春から初夏にかけ、水漏れ修理関係で散々な目に遭ったが、今度は、電気系統がおかしくなっていた。軽症ではあったが、血圧測定中に電池切れのサインが出、鳩時計がストライキをし、エアコンはリモコンスイッチが利かず、室内灯の電球切れと接触不良で電気修理を依頼する羽目になった。

捨てる電池を赤い有害ごみ袋に入れながら、ふと、電話のところを見ると、B４判の黒い紙が半分に畳んで置いてあった。

手に取って開くと、「ほしほしマンガ《とくべつへん!!》①へんなクイズ大会のまき」という三十六コマの漫画になっていた。

虎チャンが作ったらしく、小学二年生の頃から雨の日の学校の休み時間にノートにコツコツと描き溜めていたそうだ。

家では、虎チャンは上の二人とタイプが違い、幼い頃から『鉄道・絶景の旅』で育ち、鉄道のことはなんでも知っており、漢字が読めていた。

そして、駅のホーム・路線図・電車やバスの時刻表・切符・カレンダーを描く他、模型ではなく、自分のイメージでのホームや切符販売機などの工作をし、プラレールにセットして遊んでいた。

だから、大人になったら、鉄道関係の仕事か、いろんな物を設計して創り出す仕事をするのかな、と見ていたが、突如、漫画家になりたいと言いだした。

前記した詩も、想像力の豊かさからの作品なので、意外と向いているかもしれない。

病気・手術との闘い

病気とのお付き合い

昔、癇癪持ちの子供は疝気灸《せんきやいと》を据えられていたが、私は、ある脳神経薬を頭の良くなる薬だと母に騙されて、自らテスト前に服用し、実際にテストは好調だったので、高校受験まで継続使用していた。

要は、扱いにくい子供をおとなしくさせるため、漢方薬でコントロールされていたらしい。

◆長きにわたる皮膚の病

私は生まれて初めての産湯に浸かる時、皮膚を保護する脂肪を新しくできた石鹸で洗い落とされてしまい、乾燥肌になったらしい。

にもかかわらず、小学校での体育の授業や休み時間に校庭を裸足で動き回り、足洗い場で濯いだ足を自然乾燥に任せて上履を履いていた。その結果、足のかかとは皹《あかぎれ》でいつも血が滲んでいた。

そのせいか、学校で鯨の肝油を買ったり、高価なビタミン錠剤を飲ませてもらったりしていたが、効果はなかった。そのうち、脚の毛穴がぽつぽつ膨らみ、カサカサになりフケのようにポロポロ剝がれるようになってしまった。

メントール系の塗り薬などに、ワセリン軟膏からコールドクリーム、海藻石鹸にカリ石鹸を通過し、今では症状に合わせてサリチル酸ワセリン軟膏や尿素製剤、外用抗ヒスタミン剤、ビタミン製剤、手の届かない背中にはヘパリンスプレーを使用している。

それでも数か月に一度の割合で、使った洗剤のせいでか、空気の乾燥のせいでか判りにくいが、皮脂が乾燥して、二〜三日の間、顔や全身の皮膚が粉を吹く。

体の手入れも大変だが、それ以上に床や衣類の掃除に神経と労力を費やす。

体が老化するにしたがい、体を石鹸で洗う都度、保湿剤を塗らなければカサカサになるが、だんだんと痒いところに手が届き難《にく》くなり、自力で頑張って塗ることも、それ自体を意に介さなくなってしまう。

要介護状態になった父も、食も細り栄養が体に行き渡らず、デイサービスで入浴してくるとカサカサになるだけでなく、皮膚も皮が薄くなって破れやすくなり、あちこちバンドエイドを張ってもらっていた。

あの頃の私は、まだこの状態を理解しておらず、父に保湿クリームを用意して塗ってあげてもいなかった。

今、高齢になった母の顔の一部が紫になり粉を吹いているので、私が保湿クリームや薬を届けて塗ってあげているが、自ら続けて塗ることはせずしまい込んでいるので、残念ながら効果がない。やがて、自分もこうなるのだろうか。

似ているけれど、チョット違う皮膚の病で、アトピー性皮膚炎に悩む何人もの人たちと出会ってきた。手足の関節のかさつきや顔から首が赤く耳たぶの付け根が見た目にも痛々しい。

かかりつけ医を紹介して治った人もいたが、一週間入院してバナナだけを食べて綺麗になり、退院後普通の食事に戻ると元の木阿弥《もくあみ》になるパターンの繰り返しと言っていた人はどうなったのだろうか?

知人のお子さんも生まれたての赤ちゃんなのに、アトピー性皮膚炎だった。海水が皮膚の改善薬だとのことで、車で海に行き海水を汲んでくるなどあれこれと手を尽くしておられたけれど、お嬢さんだから綺麗な肌になっているようにと願っていた。

米国で結婚した女性は、最初のお子さんがアトピー性皮膚炎になった原因として、母親が牛乳を飲んでいたことが良くなかったからと、第二子の時は出産まで牛乳を断って無事に綺麗な肌にできたと語っていた。

身内では甥が、牛乳アレルギーと猫の毛アレルギーで豆乳育ちだったが、母親の努力で見た目には分からないサッカー青年になり、今では立派に成人し家庭も築いている。

ところが、我が家に至っては、青天の霹靂とはこのようなことかと、驚くべき出来事に襲われた。

初めての孫のジャニーは母乳で丸々としていたが、娘がメロンを食べて授乳したとたんに、アレルギー性チアノーゼでひきつけを起こしたのだ。

これから離乳食に入ろうかという時期になって、アレルギー検査の結果、食べて良い物が何もなく、ダメな中で僅かに米と青菜だけが可能であった。首の周りは汗疹《あせも》のようにジクジクになり、だんだんと顔にも広がり包帯姿になってしまった。

生まれた時は美少年だったのに、赤ら顔で包帯だらけの頭を帽子で隠す悲惨な有様で、泣くと気晴らしに抱っこして公園に散歩に連れて出ていた。

すると、近隣の幼児が覗き込んで、「この赤ちゃんの顔、赤いね」と言われ、何かを感じたように孫は泣きだした。赤ちゃんだから赤いんだよと言いながら方向を変えて歩くとホッとしたように泣き止んだ。

　ここから、娘の母親としての戦いが始まり、自然治癒力を引き出す方法を試行錯誤して頑張った。しかし、何を食べさせても何かがアレルギー源で呼吸困難や胸が気持ち悪くなり、食事中に横になることがたびたび起きた。

　食べて良いものがないため、当然ながら公立学校の給食で除去食も代替え食も望めず、弁当持参の私立に進学させた。学校のお昼に牛乳の代わりにお茶も出されるので、彼は助かっていた。

　日頃から少食のうえに、疲れやすく弁当にもほとんど手を付けず、朝も何か食べていくと通学のバスで吐いてしまうことがあった。

　朝礼時に具合が悪くなり、保健室の常連さんで保健委員にもなったが、ポカリスエットを頂き、生きながらえている有様で、中学校に入るまで体が一番小さく骨皮筋衛門だった。

　中学校は遠く小学校時代にも増して早く家を出発するのに、弁当は相も変わらず手付かずで持ち帰り、帰るなりごろりと床に寝そべって小休止していた。

　それでも、臭いのきついものと洋菓子やウリ科とトロピカルフルーツ以外の食品はだんだんと口にする量が増え、身長もあと一息で十人並みになれそうになった。顔はほとんど綺麗になり、脚が痒くなるのを止められればよいほどに改善した。

するると、その引き換えのように、小学校低学年まで何を食べてもなんでもなかったグルメのお節介君がアトピー性皮膚炎を発症し、目の周りや耳たぶの付け根にその特徴が出て、幼い頃の可愛い顔が消えてしまった。

しかも、塾の受験態勢期に向け、ピアノ・水泳・空手を止めて塾に一本化してから息抜きもならず、疲れた様子でアトピーの瞼や頭皮を擦っている。

幼い頃から、好奇心と根気強さでアレコレ手伝いをよくやりながらも、自分の片付けになると「誰か手伝って」と言うので、手伝っているうちにチャッカリとんずらする要領の良さもあった。

しかしながら、このアトピーだけにはさすがのお節介君もてこずり、これまでのように学習への集中ができず、持てる力を発揮できない状況にある。

ステロイド薬ではなく、真に治癒力を高める治療法が、一日も早く発見されることを祈るしかない。

◆どさくさに紛れて発症する、水虫と見まがう尋常性乾癬症《じんじょうせいかんせんしょう》

脳梗塞で入院中の弟の体を起こした時に気が付いたのだが、お腹や背中に五円玉くらいの瘡蓋《かさぶた》が出来ており、水虫用の塗り薬が処方されていた。

それが、いつまで経っても治るどころか、手の指の爪が分厚くなり、額から頭部にかけて瘡蓋が広がった。爪用の水虫の薬や椿油入りの頭皮の薬も効かず、腰の手術で入院した時に風呂で水虫が移ったのかも、などと誤解していた。

近所の皮膚泌尿器科でも効果なく、米子の医大に行き、尋常性乾癬《じんじょうせいかんせん》の飲み薬と塗り薬を貰い、やっと快方に向かった。

この皮膚病は、インターネットで調べると、何らかのストレスが原因で発症しやすくなるとか。遺伝的な要素がある場合、年齢に関係なく突然の発症をすることがあるらしい。

アトピーでも頭皮に瘡蓋が出来ているが？

遺伝的要因で発症しやすい病といえば、高血圧は外せない

昔は田舎に限らず食料の保存は、天日に干すか塩や酢で漬けておくかだった。そのせいか、血圧が高くなりやすく、血圧を下げる食料の保管に天井から海藻がぶらさげてあった。

それでも、父方も母方も祖父母が高血圧で倒れた。しかしながら、曾祖父母は九十歳を迎える長寿だったので、親子三代のあいだの代は気苦労で短命だとも言われていたから、そうなんだ！　と子供のうちは理解していた。

今なら分かるが、気苦労だけではなく、戦時中の食生活も今とは違い、少しのおかずでご飯を食べていた。

だから塩分含有量が高めで、両親もその環境から抜けられず、漬物や佃煮をよく食べ、子供の我々もそれが好きなのである。

そのためか、両親は元より我々子供全員が血圧の薬のお世話になっている。

それに対して、夫は逆に低血圧で朝に弱く、目覚めが良くないため、眠狂四郎と呼ばれていたらしい。だが、運よく会社の出勤時間が遅かったので、部活の朝練で六時に家を出

る私にとっては、娘の保育園見送りを夫に頼れた。

しかし、夫は低血圧による弊害で、貧血と立ち眩《くら》みで帰宅途中に駅のベンチや道端で横になるなど苦労していたと今になって話してくれた。そうとは知らずではあったが、麻雀で朝帰りの前科もあったし、携帯電話もない時代で、夕食時を過ぎてもほとんどいつも帰宅しない夫に不満たらたらだった。

夫が遅い時は、十時頃まで炬燵《こたつ》に幼い娘と寝転んで、夫の買ってきた『トッパンのえほん――童謡絵本』を見ながら一緒に歌ったり、昔話絵本を読み聞かせたりしていた。

時々、娘に「お父さんとお母さんのどっちが好き?」と聞くと、「両方が好き」とそつなく返事をしていた。

親が離婚するのではないかと、幼い娘に随分と心配させてしまった。

薬の副作用に翻弄される

父がどんな薬を服用していたのかは知らなかったが、脚が熱くて眠れない時期があったり、亡くなる直前まで体が痛い痛いと嘆き、注射での緩和を懇願していた。

病名は筋痛症とのことであった。

気の毒だった父が逝き、私が六十歳を過ぎた頃、何故か足を伸ばして寝ると左足に激痛が走るようになった。行きつけの整形外科医から紹介状を貰い、勤め先近くに出来た病院の血管外科で、血管を広げる点滴を続け、やがてオパルモンの服用になった。

その通院中のある日、血圧が高騰し、院内で循環器科に回されて血圧の薬を処方されることになった。そのうち、血液検査で高脂血症の薬も飲むことになり、思い起こせばここからが体調不調の始まりだった。

ある朝起きると、脚のふくらはぎに赤紫のコッパン（じんましん）が無数に出来ていた。痛くも痒くもなく、エコー検査で静脈を調べたが異常はなく、原因不明のままだった。そのうち、咳が続きあまりにも長引くので、レントゲン検査をするも異常なく、寝転ぶと胃酸と食べた物が逆流するようになるが、胃カメラ検査をすると綺麗なままだった。取りあえず、その都度、症状に合わせた薬をのみ、解決したかに思えた。

が、さにあらずで、夕食後や入浴してしばらくして体が温まると、足首を中心に痒くなり、コッパンの跡が赤く盛り上がるようになった。近場の皮膚科を転々とし、アレルギーとかアトピーなどの塗り薬を貰うも解消されず。

鳥取にいる時にアレルギー検査をし、何も反応は出なかったが、そこで処方されたザイザル錠とベナパスタ・副腎皮質ホルモン軟膏を一か月間続けてみると嘘のように治癒した。

だが、副作用はここで留まらず、父のように体の筋肉があちこち痛くなり、尿が褐色になってきた。この時かかりつけの整形外科で出合った薬がリリカカプセルで、少量の単位から始めたので、副作用もなく三日飲んで治まった。

この薬があることを知っていたならば、あんなに痛がっていた父にも飲ませて助けてあげたかった。

しかし、父は二度にわたる腰の手術の後、食欲も動く気力さえも失い、すでに皮膚も紫に変色して、危篤状態が数回起きていた。

だから、この体で無理に生きるより、私の娘の子として元気な体に生まれ変われば、医者になりたかった父の願いが叶うよう、学費の工面をすると心で話し掛けると、父は恨めしそうな眼をして心肺停止になった。

そして、その年にお節介君、二年後に虎チャンが生まれた。父の性格は虎チャンに、勉強に取り組む姿勢や面倒見の良さは、お節介君に受け継がれている。

たまたま、私が飲んでいた薬についてインターネットで副作用を調べた。また、これまでの検査に異常がなく、全症状が揃った高脂血症の薬について、記録を基に医師に相談をした。

そして、あれこれと薬を変えても症状が出ることが判り、食べ物で調整することになった。

この歳になると、ご近所さんや友人たちとお互いの近況を話しているうちに、いつの間にか互いの病気の話をしていることに気付く。

辛気くさいので、まだいろいろと病や介護について記述して良いものか迷うが、あえて続行したい。

癌《がん》

癌も三人に一人の確率で発症するそうだが、ご多分に漏れず、身内にも癌患者がやたらと多い気がする。

まだ癌の認知度が低かった最初の頃、仲人の教授のために、夫は丸山ワクチンを貰いに通って並び、義父は蓬《よもぎ》エキスを作ったが、胃の癌細胞は撲滅できなかった。

次は他の手術での輸血からC型肝炎になった義母が肝臓の末期癌で他界した。

叔父は胃癌の手術をして一応無事だが、同じ胃癌で私の義妹の弟と分家の次男は、若かったせいか手の施しようがない速さで亡くなった。

また、夫と同じ前立腺癌で義父と義弟が先に逝ってしまった。さらに、義弟と同い年の私の従兄弟も、手術のやり方は違ったが、同じ癌で同年に亡くなった。

夫は手術のやり方を変えて切除せず、放射線入りのチップを埋め込む治療をした。一年間妊婦や孫たち子供に近づかないようにとの制約があったが、今のところなんとか無事に過ごしている。

兎に角、平成の後半は、この病のせいで我が家にとっても一族郎党の葬式のオンパレードだった。

だいぶん前ではあったが、新聞の小さい記事に、免疫療法をやっている病院のことが出ていた。ネットで調べると保険診療ではなかった。私の場合は医療保険の特約で最先端医療がカバーされているから、自分がそうなった場合はやってみても良いかなと思った。

夫の弟は度重なる手術後に、病院の紹介で一縷の望みを託し保険の利かない最先端医療を受けるために辰野へ向かった。しかし、時すでに遅しで、最先端医療の範疇《はんちゅう》ではなくなっていた。

早期発見・早期治療が望ましいのではあろうが、夫の場合は当初、数値レベルは高いが肥大で癌ではないと言われていた。その頃、弟は違う病院で血尿から癌だと判った段階で、すでにアレコレ治療をしていた。

ところが、突如として夫の尿が赤くなり、検査で癌の診断が出た。一般的には泌尿器科の摘出手術なのだが、医大ならば最新の技術で切らないで済むとのことで、医大の医局長だった従兄弟違いと医大から来たばかりの担当医の連携で、夫の望む方法で治療を受けるようになった。

新聞の最新ニュースによると、アメリカの国立保健研究所の研究員による近赤外光線に反応する化学物質を抗体とした、光免疫療法の治験結果が良好で、実用化を目指しているらしい。光とかけて蛍と解く。その心は、晋書「螢雪の功」にあり、希望の輝きは一瞬にして消えるが、新たな改善の始まりとなる。

脊柱管狭窄症《せきちゅうかんきょうさくしょう》から腰の手術に発展

最初は、父が腰の痛みで歩行困難となり、大学病院のレントゲン検査で、脊椎に石灰状のものが神経に触れていることが判明した。

手術は切り開く位置に五寸釘を打ち込み、骨を抜き出して白い物を除去して戻す大手術だった。手術後、一般病室に移り、脚の痛みが続くので母と付き添い、交代で脚を擦った。傷が癒えて転院したが、引き継ぎ事項の見落としとも言える、腰痛治療の腰を引っ張る器具の使用で脊椎が外れてしまい、再手術になってしまった。

今度は、鉄の芯棒やボルトに針金のようなもので脊椎の代用をする方法となった。またもや全身麻酔の大手術となり、父はよくぞ耐えたと思う。術後、喉に痰が絡みやすくなり、看護師さんに吸入器でたびたび痰を抜いてもらった。

母のたゆまぬ介護の甲斐あって、なんとか元気になった父と母を小旅行に連れていくことができて良かった。

やがて、父が寝たきりになった時、昼夜は逆転し食欲もなく骨と皮だったが、オマルに移動するにしても完全に自立する力も意欲も失せており、介助してみてあまりの重さにビックリした。

母は毎日これを続けているのかと驚愕し、偉大な芯の強さに敬意を抱いた。

父が永眠した翌年、重かった父の移動を支え続け、車から降りようとした際、落ちて腰を打っていたせいか、母も腰の手術を受けた。

山仕事の跡を継いだ下の弟は、山の仕事中に丸太が崩れて肋骨骨折したほか、坂道で車ごと落ちて同乗していた分家の叔父共々、大怪我をした。そのため、山を崩してコンピューター操作で砂利を作る仕事に就いたが、機械の中にある重い鉄の棒の交換作業もあって、腰の手術をする羽目になった。

上の弟は、私より先に東京に出ていて、一流企業の合弁事業に携わり各省庁を回った。その後、元のシステムエンジニア部門から海を越え中国支社の設立に関わって十年もの単身赴任をした。子供の頃に手相観が言った通り、立身出世し、父の葬儀では彼の人脈関連会社の花やたくさんの弔電が届き、式場を晴れやかにしてくれた。そして、年金生活になっても、母の住む家の地震被害復旧工事などに尽力してくれる。

話がどんどん逸れてしまったが、悲喜こもごもと内輪話を披露してしまった。

まったくながら甚《はなは》だ、恥ずかしや。

膝や股関節の人工関節置換手術

人工関節の手術は、身内では義母の両膝手術が初めての経験であった。退院後に一緒に近くの温泉に行った時、長さ十五～二十センチほどの赤く蚯蚓《みみず》腫《ば》れした手術跡を目にし、なんと言って声を掛けてよいやら戸惑ってしまった。

退院と合わせて家の廊下・階段やトイレに風呂場と手すりが取り付けられ、義母の次は義父が使い、そして私が使い、ほどなく手術の予約待ちの夫がつかまって歩いている。

義父は国から賞状まで貰った立身出世組だが、私生活では不運で、実の母親は早くに亡くなり、育ての母も早くに亡くなった。

しかも、引っ越した新居が鳥取の大火で焼け、登記と実測の違いから土地が狭くなり、瓦礫《がれき》の片付けが無意味になってしまった。

五十代で前立腺癌の薬を服用するようになり、慰霊用の写真まで準備したそうだが、食事療法で生き抜いた。しかし、親友を胃癌で亡くし、まだらボケになった友人とは疎遠になってしまった。

八十代の頃には剪定《せんてい》中に落ちて骨折し、妻の一周忌法要の前にも階段から落ち、股関節の置換手術を受けたが、松葉杖で参列した。九十代には自宅前で自転車通学中の男子高校生と衝突して肋骨を骨折をするなど散々な目に遭っていた。

私もついてない人生で、三年前の夏のある日、昼食の後片付けでスパゲッティーを入れていた大皿を棚にしまうため移動しようとした途端、運悪く扇風機のコードに右足を取られ前のめりに倒れ、顔面を守ろうと右手の皿を支えにした。

そのため、下になった左側の膝にビシッと音がして衝撃が走り、曲げ伸ばしできなくなり、右手の皿は縦に割れ、手のひらに突き刺さってしまった。

こういう時は直ぐに救急車を頼むべきだが、いつもながら初期対応の機転が利かず、やることなすこと全てが後手後手に回ってしまった。

手に刺さっていた皿を自分で抜いたので、血がどくどくとあふれ出た。床は瞬く間に血の海――と言うと大げさに聞こえるが、床を拭いている夫のタオル二本では拭き取れなかった。

病院の時間外受付に電話をして、保険証をもって夫の車で辛うじて辿り着くも、救急搬送された人のほうに医者が行ってしまい、結構待たされた。

膝の関節が伸びたまま脚を引きずりながら廊下を進むも、破片で身がそげた小指やかけらが刺さっていた傷の血が合流して手のひらの血が床に滴り、いつになったら診てもらえるのか不安だった。

やっと、医師の指導のもと、研修医に手のひらの縫合手術をしてもらったが、左脚は関節が曲げ伸ばしできないのにレントゲン検査もせず、触診で折れていないから大丈夫にされてしまった。手の消毒については、近所の皮膚科医師宛に紹介状が作成された。

翌朝、膝が曲げられず痛いままなので、きちんと診察を受けるために、再び夫に車で病院の整形外科に連れていってもらった。

後日談だが、前日の対応が救急搬送でなかったので、傷害保険の事故証明ができかね、保険の支払い請求はできず、お守り代わりの保険が役に立たなかった。

たまたま、外来診察医が先日の救急当番医で、レントゲン検査をしてもらうと、左膝の靱帯が一本なくなり軟骨もすり減っていた。そして、右膝も軟骨がなかった。

したがって、先に左脚の人工関節置換手術をして、半年後に右脚の人工関節置換手術をすることになった。

一度目の手術で手術室に入る時、夫は、全身麻酔を心配して「生きて帰ってこいよ」と励ましてくれ、意識が戻って個室に入ると、夜通し付き添ってくれた。

翌日から四人の相部屋に移り、トイレやベッドでの屈伸運動器によるリハビリが始まり、その後タオルでの体拭きや歩行器で移動するリハビリ室での訓練も加わった。

脚の包帯を外す頃には入浴も始まり、だんだんと杖で歩けるようになり、二週間でリハビリテーション病院に転院した。

理学療法士による回復レベル検査で、片足立ちは六十を数えるほどしっかりしていたが、手術した病院で一度も練習をしていない階段上り下りが、リハビリテーション病院に転院した日の突然のテストに含まれていたのには面食らった。

どの程度の機能回復をしているかのテストで、リハビリ室内の練習用階段ではなく、いきなり本物の階段に連れていかれた。二階までなんとか上ったまでは良いが、下りることが困難で困っているのにエレベーターを利用させてくれず、無理をして下りたので関節のバランスが崩れ、その後、片足立ちがまったくできなくなってしまった。

練習で階段の上り下りは手摺りに摑まればなんとかなるものの、段差の大きい場合は膝に負担が掛かり、未だに上りも下りも関節の周りが痛い。

セラミックの関節と、筋肉や切れないで残っている靱帯と皮膚が手術直後は一体感があって体重の移動も円滑だったが、階段下りで無理をしたせいでそれがなくなってしまった。だからというか歳のせいもあり、今も片足立ちでバランスが取れなくて、片足ずつ靴下をはいたり脱いだりすることや、スカートやズボンを立って着脱することができなくなった。

夫も、やっと膝の手術をやる気になったが、もう二年早く決心していれば、コンピューター操作での軽い手術ができたのに、と残念に思う。

私の手術時は、左脚と三か月間を空けて右脚の人工関節置換手術をした。その間にでさえ、制度やリハビリ開始のスピードが速くなっていた。更に、その後の三年間で手術の技術が進歩したらしい。

夫は両脚一気に手術することになった。こうなると、本人だけでなくこちらも不安だ。リハビリも二本の脚を同時に行うから余計に心配で、夫が階段の上り下りの初練習をしっかりやらせてもらえるようにお願いするどころか、それ以前の対処の仕方が、皆目見当がつかなかった。

両脚同時の人工関節置換手術の巻

この夏、孫たちの終業式後に夫の住む鳥取に飛び、先ずは墓掃除をして夫の手術の無事終了を願った。

次に、実家の墓参りのほか、母を兄と妹の所や温泉に連れていき、神社で交通安全のお守りを頂き、夫にサポートされながら久々に軽自動車で病院・寺・スーパーマーケットに行く運転練習をした。

しかし、「お父さんが入院中にお母さんが事故ったらどうにもならない」と娘に強く禁止されてバスで通う羽目になり、がま口財布で小銭を持ち歩く毎日となった。

入院事前検査を終え、持ち物の準備と保険金請求書類も整え、タクシーで出掛けた。

手術当日、完全看護だから付き添いしないで帰っていいよと言われたが、いよいよ手術室に向かう段になって付き添うことにした。

術後に帰宅するバスもなく、病院の近くにはコンビニもあって、私にとっては個室に簡易ベッドを借りたほうが都合が良いことに気付いたからだった。

前日は九階の四人部屋九五一号室で、なりたての看護師さんは点滴用の注射針を血管に入れることは難しいらしく、私の時と同様にベテラン看護師さんが交代して貫禄の一発で成し遂げていった。

手術は、二時からの予定が三時前にずれ込み、更には前立腺手術をしていたために尿道にし尿管が装着できず、泌尿器科のお世話になった。やがて、五時半に六階の手術室から戻ると個室の九五三号室になった。

フットマッサージ器は順調に動いていたが、看護師さんが点滴や患部の確認に来てコードがズレたりすると警告音が鳴るほか、夜中に吸入器の酸素濃度計が設定を下回るたびにピーピー鳴るため、別の計器に接続替えをした。

ずっと絶食だったが、翌日の朝お粥が出され、体拭きや回診があった。夕方には個室利用指定をした人のために、ナースステーション前の九五七号室に引っ越した。

そして、早くも、し尿管を外してリハビリパンツになり、車椅子でトイレに行く練習となった。

術後一日目には、午後から看護師さんの運んでくる自動屈伸機で右脚五十五度・左脚六十五度の屈伸運動を各一時間で始めた。

両膝は当然ながらパンパンに腫れているので、冷却剤にタオルを巻いて冷やしながらのリハビリ開始であった。

夜中の尿意には、夫は普段でさえ閉口しているのだが、人数が減り多忙のナースを呼ぶのも、自身が動くのも大変なので、義父の使用していた、し尿瓶を持参し一週間対応した。

鎮痛剤（セレコックス）、血栓予防剤（リクシアナ）を片足の手術時同様に、二週間服用し、三週間目からは自然治癒力態勢になった。

術後二日目の夜勤看護師さんは、ヘアスタイルが変わり、俄かには判らなかったが、私の入院時にもよく面倒を見てくれていた男性だった。膝の痛みを和らげるクッションを当てるなど、とてもよく気が利いて、夫も嬉しかったらしく、あまり人を誉めない夫が歯磨きの世話に来た私に話していた。

三日目からは、血栓予防で脚に巻いていた包帯をはずし、おもに午前中やるリハビリ室でのリハビリも、膝周りの揉みほぐしと平行棒でのつかまり立ちから始まった。

車椅子で送迎してくれたのは、私の担当の休日代行で一度看てくれた理学療法士の男性だった。

私は、彼に以前はなかった顎鬚があること以外特に気にも留めてなく、本人に自覚があるかは定かではないが、夫の観察力では、咳払いがチック症状に出るので、どこに担当出張していても所在が分かると教えてくれた。

入院前から、久松山の雨水による洪水対策で、自宅近くの山の手通りの排水管工事を本格的にやることにはなっていたが、雨続きで工事がずれ込み、退院後予定していた自家用車での出入りが難しく、自宅での生活は三週間後の退院では無理となった。

そのため、四日目に転院支援担当者が希望を聞きに来てくれたので、自宅に近いリハビリ病院を頼んでから、リハビリに行った。その後、リハビリ室から戻ってみると、病室は九五六号室に引っ越していた。

五日目の体拭き担当は、小豆色のジャージ姿の救急救命士さんが代わりに来て、戸惑っていたので、私が代行した。

夫は、体が怠い、左脚が痛いと言い、リハビリで揉みほぐしつつ、痛みのため冷やしても、血が固まらないよう、動くことを奨励された。

そこで二日後、運動がてら二階のコンビニ前のロビーに車椅子で行き、自動販売機のカップコーヒーを飲んだ。

その間に、夫の従兄弟から着信履歴があり、私が談話室で用件を確認したところ、年末に亡くなった叔父の初盆についてで、お坊さんが十五日に来られるとのことだった。

彼は鹿野の別邸に住み、親の家は留守のため、初盆の話をせぬまま、我が家の寺の向かいにある、叔父の菩提寺の墓参りをしただけだった。

初盆供養には親戚縁者が盆提灯を届ける習いなのだが、翌朝には仏壇の移動で大工さんが入るため、親の家に居るとのことだった。

急遽、家に戻り、電話帳のタウンページで仏具店を探し、行き方を電話で尋ねてから探して行った。

提げる提灯や組み立てる灯籠は、出し入れと収納にスペースを陣取り大変なので、叔母の時には家紋の桔梗の花がある回転イルミネーションの付いた灯籠にしたが、今回は打ち上げ花火の仕掛けがある小さめの灯籠にし、簡単に出し入れできて箱がコンパクトな品を選び、配送もお願いして病院に戻った。

翌朝は、転院先のリハビリ病院へ手術病院からの紹介状を持参し、三人の担当者に次々と面会し、手術担当医の休暇明けの週での転院をお願いした。

帰りは、バス便のタイミングが悪く、自動車道沿いの初めての道を歩き、河原や土手で百合や女郎花《おみなえし》などの花を採取しながら、五十分かけて夫の病室に辿り着いた。

ところがお盆の十三日に、リハビリ病院からお盆の十五日の転院でどうかと支援センターに電話がきた。支援担当からも、チャンスを逃さず直ぐにも転院をと強く勧められたが、こちらの都合で断った。

なにしろ、リハビリ病院から戻った時、担当医は留守で、夫は血液検査の結果が酷い貧血数値だったため、輸血を今直ぐにでもやろうと医師と看護師さんが病室に来ていた。

そもそも、日頃から貧血気味の彼なので、道理で体を動かすたびにふらつき、危ない様子だったわけだ。

そうであっても、義母が輸血騒動からC型肝炎になり肝臓癌《がん》で死亡したことのトラウマがあり、夫は頑なに拒否し、取りあえず輸血はやめた。

代わりに、毎日私の届ける鉄分のある野菜が入った市販の野菜ジュースと朝食の牛乳は残さず飲むことにした。

十一日目、下の弟が三朝の家へお盆の準備に帰るので、この時期母の世話をしてくれる上の弟が妻同伴で上井に到着した。弟たちの奥さんにはお世話になりっぱなしだが、遠路はるばる来た翌日、見舞いに来てもくれた。

ちょうど、昼前に九六二号室の窓際に引っ越したばかりで、千代川や鳥取砂丘コナン空港からの飛行機の発着も見えて、「両脚同時手術の痛みは誰にも解らない」と、スネ気味だった夫の気晴らしにもなり、景色を眺めながら孫のドッジボールでの自主訓練も見られて良かった。

我が家の盆の準備はこの日の朝から始め、棚経の飾りの提灯や灯籠を取り付けてから、いつも通りにバスで病院に来ていた。

夕方に支援担当者が、担当医の指示を待つことと、転院先についての再確認に来たが、電話での高姿勢から一転した優しい物腰だった。

病院からの帰りにはスーパーマーケットの近くで途中下車し、お盆用の花を買い、エコ袋に入れて担ぎ、徒歩で帰ったが、途中で綺麗に咲いたグラジオラスが、穂先が折れただけで何本も廃棄用の段ボールに詰め込まれる様子を見てしまい、生産者の気持ちと花の無念さに心が痛んだ。

東京の三鷹北口の花屋さんでは、売れ残りではあろうとも大切に扱い、夕方から通りがかりの人たちが持ち帰って花を飾れるようにと、配慮のメッセージとともに水桶に花が置いてあった。改築した今でもやっているだろうか？

そうこうしているうちに、十二日になり、午前中だけ病院に行ったが、なんと虎チャンが台風情報で心配し、夫の携帯に電話をかけてきた。

やがて、二時の棚経になった。三日がかりでキッチリと飾りつけを完成させ、方丈様をお迎えできた。我ながら一人でよくやったものだと思う。

夕方からお寺に花を担いで行き、花をお墓に飾ってお寺さんの麦茶を頂いて帰った。

十三日の帰りも途中下車で、墓の石灯籠に蝋燭の火を灯し、線香を立て、玄関先で迎え火を焚いた。

この日、夫は二本杖を持って歩行練習をし、手術前日以来のシャワーで喜ぶ。

私といえば、お供えの御膳料理までは作れたが、材料は調えるも、迎え団子（小豆餡）を作る体力が失せ、バス停前のコンビニで小豆餡の中に白玉団子が入っている代用品にさせてもらった。

お盆の中日十四日、転院グッズの準備をして病院のロッカーに運び込み、いつでも動けるようにしておいて、帰りにお墓の花の水替えと手入れをして帰った。

十五日に三度目の血液検査の結果が出、改善しているとのことだった。そして、リハビリ病院から、二十一日での転院の打診があり、担当医からも手術した月内であれば転院が認められているから、何日でも大丈夫と教えられた。

いつものように、帰りは途中下車して石灯籠に蝋燭を灯そうと蝋燭立てを見ると、風で消えていたらしく、芯がほとんどそのままだった。今度は、点いた炎が灯籠の窓から風を受けない場所を探して火を灯し、花の手入れと線香を立てて帰宅した。

今度こそはと夫の家の伝統である送り団子（白玉団子を作り、きな粉をまぶす）を作った。

迎え日の十三日には、母方の伝統料理である畑の生姜の葉で包んだ塩鱒《ます》のこけら寿司（本当は柿の葉）を仕込んでいたので、送る日には義母の好物だった父方の海苔巻（具が干瓢《かんぴょう》・高野豆腐《こうやどうふ》・干し椎茸・卵焼き　人参・ほうれん草・ごぼう）を作り、精霊棚にお供えした。

翌朝早々に送り火を焚き、お寺に花や線香の燃えカスなどの片付けに行き、四日間よく冷えたお茶を頂いたお礼にお寿司をお届けした。

毎日、方丈様にお声を掛けていただいたが、亡き父が同じ宗派で菩提寺の総代をしていたせいか、なんとなく親しみを感じた。

捨てるに忍びないまだ綺麗な花は、お地蔵様の花入れを掃除して生けさせてもらった。

そして、お寺の近くにあるバス停で一日二回運行の病院行きバスに乗り、午後は早めに帰宅し、精霊棚を綺麗に片付けた。

上の弟夫婦は、台風が過ぎるのを待ち、妻の実家の岡山にある両親のお寺に寄って、掃除をして流山に帰ったという。彼らは、代々奥さんの実家の親を見る流れで、仏壇が三つもあり、墓も神戸にあるらしい。そしてすでに、息子も奥さんの実家の近くに家を構えている。

盆明けの十八日、下の弟の奥さんが高原トマトを送ってくれた。以来、毎朝トマトジュースを作り、夫に届けた。

十九日は、私の膝の定期検診で、予約の時間にレントゲンを撮り、診察を受けた。

夕方には、勤務先だった鳥取商業高校で出来た友人（書道の先生）が、超多忙の中を仕事帰りに立ち寄ってくださった。

今思うに、昔から私の周りには、いつも、本当に慎ましく美しいうえに仕事のできる女性がいて、私をサポートしてくれている。不思議と、この条件を満たす友人の名前には陽という字が付くことが多く、次に字違いの洋が続く。

話を戻すと、夫は入院三週間でついに転院の日となり、福祉タクシーでリハビリ病院に移った。

二階の個室の窓からは病院の別棟しか見えないが、食堂に行けば、山間の田畑や車の往来に、野鳥が見られる。また、六階のカフェテリアに行けば視界が広がり、気分転換になるはず。

夫は、手術した三週間目頃から、食欲がない、豆腐や練物が好きでもないのに献立に多く、食べる行だなどと言いつつ完食していた。

そして、リハビリ病院での、聞き取りでも口癖のように食欲がないと言い、老人食Aになった。

すると、初めての食後の感想に、「県庁の食堂（両親を連れてよく行っていた）より味付けが良い、前の病院のより米の質が良い」と喜んだ。そのうち、私がそうだったように食べ足りないと言うようになり、前の病院並みの大盛にしてもらうと、まだ運動不足のせいで多すぎると言いだし、ご飯の量を元に戻すことにした。

季節は残暑で暑い日と、秋の肌寒い日が交互するようになり、半袖の下着や上着を長袖に交換した。

家の中も一通り掃除をしたのだが、東京のように段ボールや乾電池の回収が毎週はない。月一回では、うっかり逃すと二か月分溜まり、大変な量になる。

そこで、早朝に義母のキャスター付きの手押し車で枠だけになっていたカートに、新聞紙と段ボール類を縛り付け、十五分先にある叔父宅の横の回収小屋まで置きに行った。

その後、病院に向かう途中、夫の弟の奥さんが交通の手立てもなく、見舞いに行けないとお詫びの電話を掛けてくれた。

夫は、週二回の入浴と洗濯訓練も入り、老人の一人暮らし対応リハビリが着々と進んでいる。

外での短距離散歩も二本杖に支えられながら始めたが、これからは、凸凹道・長いスロープや急な坂道など各種類の道での安全歩行をこなし、その距離と時間を延ばすことと、段差に応じた階段の上り下りがクリアできるようになるまで日々頑張らねば、一朝一夕では体が元に戻らない。

だが、今日にでも退院して家で簡単にリハビリできるようになると思うのか、夫は「理学療法士の若者たちがどうして良いものか思案しているから、体験外泊と退院日は何日にしようか？」と電話してくる。

私の体験からしても、急いては事を仕損じる。両脚同時なのだから、私の二か月よりも長く、地道に同じことでも辛抱強くやらなければ、よく老人にある、転んだりしての再入院になってしまうのでは、と気が揉める。

月末に、父の従姉妹に頼んでいた梨が届いた。二十世紀・新甘泉・夏姫の三点セットで、見た目では区別しにくいが、それぞれ味や酸味、水分が違い、珍しかった。

早速、夫の所に皮を剝いて持って行き、その帰宅途中に、高校の同級生で、倉吉から鳥取に嫁いだ友人に、偶然にも会うことができた。

梨は親戚縁者にも送った。昨年と同じく主人の妹宅には誕生日に到着したらしかったが、電話の向こうで、なんとなく義弟の具合が悪いような気配が伝わってきた。

相変わらず夫は、「リハビリは家で生活しながらできるから、一か月で退院しなければ、周りの人には自分だけ健常者に見られてバツが悪い」と言ってくる。

家の前の道路工事もあまり進行してなさそうなので、そちらも気に掛かるのだが、目をつぶって考えないことにした。

そして、転院二か月になる頃に向け、泌尿器科と整形外科の診察スケジュールの交渉は夫にやってもらい、東京でのスケジュールになるべく差し障りのないところで退院計画を立て、飛行機のチケットを二人分購入した。

まずは約一週間を鳥取の自宅で過ごし、その後、階段にリフトを付けている東京の家で、定期健康診断を受け、孫たちとも触れ合いながら、日常生活でのリハビリをしたほうが良いと思った。

それに、リハビリ体験者の私がそばに付いていて、長時間の歩行や、バスの乗り降り、段差の少ない階段の訓練などを見守りたい。

なんといっても若くないので、鳥取での気ままではあるが何かと心配な一人暮らしには、十分な機能回復をしてから復帰してもらいたいものだ。

そのワンステップとして、鳥取のリハビリ病院での訓練を参観し、一泊二日の帰宅体験で、久々の調理台での立ち仕事に耐えうる体力が戻ってきているのか、確認した。

なにしろ、片脚ずつの手術をした私でも、帰宅体験での作業は椅子に腰掛けて休みながらだった。

たとえ、食宅便を利用したとしても、毎日玄関で上がり下りしての受け取りとなるから、やはり危なげである。

やはりというか、この一時帰宅での畳の部屋の生活に、炊事をやってみるまでもなく、結構疲れたらしかった。だから、家に帰ってホッとしたのも束の間の喜びだったことを実感したはずである。リハビリ病院に戻ってベッドに体を伸ばして、身も心も落ち着いたようだった。

今の夫の体力には、病院での淡々とした生活の繰り返しのなかで、歩くなどいろんな動作の動きがある時間を延長し、体力増強と身のこなしを訓練することが、まだ必要不可欠な状態だと納得できた。

片脚手術の私ですら、リハビリ病院生活が二か月で、ほぼ納得の仕上がりだが、地下鉄の階段下りや急な坂道には閉口した。

夫は両脚一気のうえに、当時の私よりも九歳年を食っての手術なのだから、二か月では少ない気もするが、運を天に委ねることにした。

夫がリハビリ病院に戻って、翌日、私は畑仕事をしながら彼岸の入りの準備をした。なにしろ、義母の命日に鳥取の家は留守で何もしないままだったので、彼岸は夫の分もしっかりやる気満々だった。

裏の畑では、数年前から生姜の花が咲くようになると、どんどん面積が広がり、二年前から夫に芽を成敗されて花が付かなくなっていた畑が、脚の不調で畑仕事をやらなかったお陰（？）でたくさんの蘭の香りのする黄色い花が咲き、白い韮《にら》の花もまるで蕎麦《そば》畑のように咲き誇り、キバナコスモスや南瓜の花に姫女苑《ひめじょおん》なども咲くようになった。おかげで玄関や仏壇と墓の花は豪華に飾ることができた。お萩も手作りしてお供えした。

しかしながら、彼岸の中日の翌日に鳥取を去るため、枯れていく花たちの後片付けをどうするか迷っていたが、一か月後の掃除に決めた。

忘れてはならない眼科の手術

うっかりしていたが、私には白内障という、避けては通れない眼の病があった。曾祖母がお針仕事をする時、縫い針の穴が見えないから、糸を通してほしいと頼まれることがあった。

眼の病気というか、白内障は長生きしていると、黒目がだんだんと白いフレームで隠れたようになるらしいとは理解していたが、手術をして治すのは祖父母の代から始まったように思う。

夫は幼少時の疫痢《えきり》で目の調子がおかしくなっていたらしいが、営業職から経理課に配置転換となり、まったく違うデスクワークで心身の不適応感に戸惑いながらも、やっと馴染んだ頃の五十歳になるかならないかぐらいの時、目の前に茶色の影が見えて邪魔になり、早々に付き添いもなしで、白内障の手術を受けた。

特に視力に問題はなく、今では近くを見る老眼鏡が手放せないだけだ。

私も、伊豆の大島に単身赴任中のある日、突然、車のフロントガラス越しに見える景色が、濃霧で見えにくい日でもなく、学校のプール（三原山の噴火で温泉になっていた）の湯気が近いはずもない場所で、前方が白っぽく霞んで見える異変に気付いた。

だが、翌日からはさほどの違和感もなく六年が過ぎ、中野区での最後の勤務先の学校でパソコン操作中に再び文字の霞みを感じたため、手術の予約を春期休業中で支障の少ないタイミングを選んで年休を取った。

腹心ともいえる教務主任に、教育委員会から送られてくるデータ処理と、学校日誌をお願いして付き添いなしで入院した。

当時の手術は、眼科部長の先生と主治医（二年後に部長に昇任された女性の医師）の執刀だったが、腕の麻酔注射で痛みもなく、医師たちの会話も分かり、取り出されたらしい水晶体が洗い流される間は、綺麗なピンク色を見ていて、レンズが入ってくる辺りの感じには、コバルト色の画面が見えた。

眼帯で目を覆い、夕方まで眠っていたが、頭を動かすと頭痛がした。毎日安静に過ごし、数回の点眼薬で炎症を抑え、退院後の通院も数回でだんだんと間隔が広げられた。

私は、夫と違い近眼だったので、老眼にはならないが、標識などを早めに読み取るために、運転には眼鏡が必要なこともある。

手術後に面食らったことは、パソコン画面を見ていると、邪魔な黒い影のような物が見え隠れすることで、それに慣れるまではイライラッとした。それは蚊のような虫に見えるため、飛蚊症と言われており、眼球内の液体に元からあったゴミのような物が原因という。それを除去したければ八王子に専門の病院があるらしい。

こんなことより、緑内障こそ弊害のある病で、疲労の蓄積での過労が祟り、手術をしても再発する可能性があるらしい。

あれこれ長々と御託を書き綴ったが、この他にも、精神的な病があり、人は、心の病を抱えると神仏や占いに頼ったり、心療内科のカウンセリングや薬にのめり込んだりして自分を見失う。これが一番怖い。

これからのこと

令和こそ解決したい老々介護

母は七十五歳過ぎても民生委員として、一人暮らしの老人に、季節ごとの配布物と老人給食（端午の節句には粽《ちまき》）などを作って届けていた。

しかし、父が一人で風呂に入ることが無理になり、デイサービスで入浴をさせてもらうようになった。

民生委員の老人が老人の世話をするのも大変だし、父の介護との両立は無理だから、役職返上はできないものかと聞くと、条件に見合う人がいなくて、皆、辞めたくても代わりがいない、とのことであった。が、なんとかなって家事と父の世話一本になった。

父の退院後のところでも述べたが、母の体力の消耗は相当なもので、ケアマネジャーさんがいろいろ相談には乗ってはくれるが、本質的な解決策にはなっていなかった。

母よりも大きく、痩せていても重い父を、支えてベッドサイドのオマルに移動させる大変な実情は伝わらず、夫が介護していた義父の時のような優秀なヘルパーさんは派遣されなかった。

経験者は、すべからくもっと手を差し伸べてほしいはずなのだが、政府ときたら、自宅介護が本人の幸せだと誤魔化し、介護保険料は値上げしておきながら、その制度を実際にはほとんど使えないように基準をつり上げている。

本当は、人数の多い我々シニア世代が要介護老人になっていくことが困りもんで、今でさえ一人暮らしの孤独死が往々にしてある。

兎《と》に角《かく》、世話をする介護士の人手が足りないからと、政府は問題を家族・親族に丸投げしているが、核家族化してしまっている現実に目を背け、これこそが解決策だと自己満足されては困る。現実的解決に向けてもっと知恵を絞っていただきたいと思うのは無理なお願いだろうか?

我が国は、人口減少のうえに人手不足の現状でありながら、労働の対価が相応しいとは言えない職場も多々ありそうだが。

条件の良い施設で働いている理学療法士や介護士の人たちは、数年後に今のシニア世代がゴッソリ抜けると、失業の憂き目に遭うのではないか、と先の見通しで不安に駆られている。

だが、こんな困った日本に、海を越えて働きに来てくれている多くの人たちがいる。

この助っ人に対し、政府は、排他的支配ではなく、協働するための手厚い人権擁護の手本を多民族国家や近隣の国の良い政策から学び、我が国の改善に活かし、生活のルールと公的保障制度で安全かつ安心な環境を与えることが必要であり、肝要ではなかろうか。

兎にも角にも、元気なうちやお金に困らないうちは、一人暮らしも気ままで良い面もあるが、体に障害のある方がこんなことを言っていた。

「子供の頃、親父は金持ちでなんでも叶えてくれたが、俺は先祖の墓に小便を引っ掛けるような悪さをしたから、今がこんな有り様だ。結婚もせず一人暮らしで身寄りもないから、何もできなくなったら、人に迷惑を掛けて野垂れ死にするのが俺の運命なんだよ」

あれから七年たったが、彼はどうしているのだろうか？

かつて、彼に無断欠勤状態の日があり、電話にも出ないので、年長の上司が彼の住まいに様子を見に行って、室内に倒れている彼を見つけ、衣類を洗濯し体を綺麗に拭き、食事をさせて病院に連れていったそうだ。

この上司は良く出来た方で、神社の氏子としても活躍する世話強い人だからこそ、人の不幸を放っておけず手を差し伸べてくれたのだと、感服させられた。

一人暮らしの老人に、役所は施設へ入ることを簡単に勧めるが、生活保護もなく、働けど収入もほとんどなく、無年金だったりしたら、皆そう簡単に施設で面倒を見てもらえるのだろうか？

核家族化した現代の負の遺産が、身寄りがない一人暮らしの老人を増やし、親の介護で自分の人生を犠牲にした子の一人暮らしの老人化や、生活力に恵まれないで年金暮らしの親の庇護に身を委ねる子が、やがて孤独な一人暮らしの老人予備軍化を余儀なくされている。

この大問題こそ、厚生労働省で精査解決の努力を願いたいものである。

高齢の民生委員の老々見回りには、有り難くはあるものの申し訳ない気持ちが先立つ。

夫は、両親の介護をして看取った後も、実家をリフォームして仏壇とお墓を守っており、必要に応じて東京に帰ってくる。

住民票は東京で、住民税と固定資産税を納め、本籍は鳥取で固定資産税も納めて町内会の当番や委員会の仕事も受けているが、選挙権はない。が、民生委員さんが義父亡き後も夫を一人暮らしの老人宅として来てくれる。

いつぞやの新聞の声の欄に、都会と田舎の両方を往き来する生活の在り方を認め、両方に住民登録する提案があった。

夫のライフスタイルを当てはめると、年金生活者なので、住民税は半々に納め、両方の自治体に籍を置くことと両方の選挙権もあれば、選挙の時期に居た場合は、県外の目から見る判断も加味されて役に立つ投票と成り得る。

地域の仕事に携わっても、幽霊の身分ではなく、働き甲斐があると思うのだが。


ところで、話は変わるが、「日本海新聞」の広告欄に、どんなことでも皆さんのお役に立ちたい［助け隊］と読み取れる記事に、ヘルメット着用で作業着の逞しそうな若者たちの写真が出ていた。

正直なところ、たまに見かけてもよく読んではいないので詳しい内容は分からないが、何故か印象に残っている。

新聞配達の方が、配達時に地域の見守りを兼ねて、新聞の受け取りがされずに溜まっていると交番に連絡し、一人暮らしの人を救ったという記事を読んだこともある。

東京で近所に赤提灯の焼き鳥屋さんがあったが、一人暮らしの老人がやっており、歩道ラインまで店の台を張り出していたため、そこを通る時は一方通行の道を後ろから来る車を気にしながら歩かねばならず、実は困っていた。

しかしながら、近所の店もコロコロ人が変わり、人の出入りがほとんど分からない塀に囲まれた家が多く、老人には飲み客だけが話し相手だったのかもしれない。

孫たちを連れて通る私たちにいつも声を掛け、おもちゃまでくれるようになり、多少困っていても気を付けて通れば良いと思うに至った。

だから、通るたびに店が午後になっても夕方になっても閉まっていたりすると、中で倒れてでもいはしないかと心配にもなった。しかし、一人暮らしだから、母がやっていたように民生委員が相談に乗っているだろう、と孫と話しながら通り過ぎていた。

ところが、虎チャンはよく観察していて「だいぶ前から看板が壊れて電気が点かなくなってるよ」とか「二階の窓に電気が付いているから、居るのかな?」とか、「シャッター閉めて二階の電気だけ点けて留守にしてるのかな?」などと解説していた。が、とうとうシャッターの前に瓦礫のような変なものまで置かれている。

老人が病院とか施設に入って、店を一時的に閉めているだけならまだしも、中の様子に関係なく、単にいつまでも閉まっている戸口に邪魔なガラクタを置いただけ（?）ではないことを願っていた。

それが、この前の台風で店の前に張り出していたショーウィンドー部分と看板が道路に散在したらしく、早朝に市の清掃車が瓦礫を撤去していた。

その後、家が撤去され改築している様子を見ながら通っていたが、近所の人たちの話によると、亡き姉の店を継いだ老人は誰にも看取られず亡くなり、姉の息子さんが遺産の売却をしたとのことだった。


近所に住む従兄弟の奥さんはとても気立ての良い人で、従兄弟の実家の義父母の介護に二週間交代で遠路はるばる夜行バスに揺られながら倉吉に通って暮らしている。

しかも、東京に戻ると、一人暮らしの実家の母親の介護に料理を作って毎週月曜日に出掛け、車椅子に頼る友人の所にも通っている。

更に、彼女は一人暮らしの叔父さんにも頼られ、何か起きた時は助けに行くことになっているが、彼女とて若く逞しい身体とは言えない。

それに、携帯電話を持っていても、一人暮らしの体に障害のある人が倒れていたり、亡くなった焼き鳥屋さんのように、急に具合が悪くなって倒れた時には、携帯を操作し連絡する気力や余力があるとは言えない。

こんな時こそ、「日本海新聞」広告欄の「助け隊」がいろんな地域にいてほしい。依頼人からの電話一本で代わりに様子を見に行き、連絡を取りながら救護の手配をしてくれる組織が必要不可欠と言えまいか。

公的機関の警察・救急隊・救急車を頼む以前に、各都道府県区市町村にもなんらかの形での救済組織はあるのだろうが、机上のペーパー理論的で、動きが目に見えてこないのは何故なのだろうか？

短絡的かもしれないが、防犯や工事現場の安全を守る警備会社に、老人家庭の見守り派遣部署の設置を検討していただくのが妥当だと思うのだが、いかがでしょうか。遑しく颯《さっ》爽《そう》としたガードマンが車やバイクで駆けつけてくれるなんて、考えただけでもワクワクして嬉しくないですか？

私の場合だが、友人の伝手《つて》で、鳥取の家のリフォームを請け負ってくれた会社が、友人のお墨付き通りで、何かとよく面倒を見てくださっている。

昔、私の実家に一度目の地震が起きた時、父が寝たきりのなか、母が頑張って、水屋などの家具の転倒を直していた。

数年後、後ろ隣の火事が燃え移ってきて物置が全焼した時は、母方の従兄弟たちが駆け付けて助けてくれ、母屋の類焼をまぬがれた。

物置は火災保険の対象外だったため、当然ながら中身の保障もなかった。火元の家は、すでに別の場所に新築し荷物整理をしていたので、泣き寝入りの父母のために火元の世帯主に物置の弁償だけを請求し、高級な客用食器などの家財道具は諦め、没にした。

二度目の地震は私がリハビリ病院にいた時で、修理業者も一年待ち状態で、まだブルーシートの屋根の家も彼方此方《あちこち》にある。

この地震には、脳梗塞の弟と高齢の母はなすすべもなく戸惑っていた。

一か八かで病院から例の会社に電話でお願いしてみると、遠路はるばる実家に駆けつけ、瓦礫撤去を始め、転倒家具の止め付け・屋根・壁・水周りの補修工事など、復旧を迅速にやって助けてくださった。

最近は、墓掃除などの代行もあるようだが、各地に、遠隔サポートをシステム化し、誰でも簡単に電話で親兄弟・姉妹の安否確認や各種の手助けを契約依頼できるようになると有り難い。

ご先祖様との共存

東京に住むようになって、ハタと困ったことがある。義父に、子供がお墓参りできるように東京に墓地を買うのはいかがなものか問うと、墓石を背負って行けと言われてしまった。

近年では墓の移動や墓仕舞《はかじま》いがあるが、夫同様に私も古巣との縁が切れることは、選択肢にない。

娘には、「親のお骨は鳥取の墓に入れるけれど、墓参りはしないよ」と宣言されているので、お盆や法事はなしにされてしまうのが目に見えている。

義母が生前、「私がいなくなったら祀《まつ》ってもらえるのだろうか」と不安げにボソッとつぶやいたので、即座に、夫と私がきちんと受け継いで先祖の供養をやると宣言し、有言実行している。

初めてのお盆飾りは、父の実家とたまたま同じ宗派だったので、それを踏まえてお寺さんに頂いたパンフレットを参考にあれこれと材料を集め、完成した精霊棚を写真に記録した。

それを見て確認しながら毎年なんとか頑張っているが、節句人形の飾り付けでの出し入れ同様、提灯や灯籠に囲いの組み立てを綺麗に仕上げるのはなかなかに大変な作業である。

そこで変更したのは、笹竹を義母が作っていたらしい苧殻《おがら》（麻の皮を剝いだ茎）での囲いに変更し、毎年再利用することにした。

義父の記憶にある、迎え送り火の場所と迎え団子（小豆餡で包む）・送り団子（きな粉をまぶす）が何故か他所《よそ》の家庭とは違う。

同宗派の実家では、迎え団子と送り団子は白玉団子である。

他は同じ水の子（茄子や胡瓜のサイコロ切りと米を交ぜたもの）・お菓子・野菜・果物・素麺に蜜湯と精進料理の膳をお供えし、茄子の牛と胡瓜の馬を作るのだが……。

最近は、お盆グッズの販売で、彼岸の時のように牡丹餅が売っているから、我が家のご先祖様はチョット張り込んで、小豆餡団子をご馳走としてお供えしていたのかも。

我が家の墓石は、最近流行の大理石のような御影石ではなく、白や緑の苔むす墓石で、お盆に束子《たわし》でこすっても綺麗にできず、一度柑橘《かんきつ》系の洗剤で綺麗に落としたら、灰色の石塔がその日だけ、周りの石塔と違ってピンク色に浮かび上がって見えた。

義母の納骨前に、墓石屋さんに依頼し石塔を綺麗に磨き上げ、欠けた所をその粉末にセメントを混ぜて埋めてもらい、石塔の周りに雑草が生えにくいように玉石を敷き詰めた。その後、義父亡き後の納骨で体格に合わせて大きい骨壺にしたため、間口を広げた。

昔からの言い伝えによると、石塔が欠けたり苔が生えたりすると、体調不良になったり禍《わざわい》が起きたりするらしいので、侮れない。

また、墓石の表書きを変える改装など、みだりにつついても良くないらしいので、補修工事はお坊さんに供養してもらえる葬儀に合わせた。

実家の分家は、次男の事故死で個人墓を建てたが、墓地の面積を考え、皆が入れる「先祖代々」にと数年前に石塔を彫り変えていた。

お盆で墓参りに行った時それを聞いて、言うに言われず一抹の不安がよぎったが、その翌年から前述したように不運な結果が続いた。

墓石屋の説明によると、我が家の石塔は青谷から採掘した良い石らしく、夫はこの苔むす墓が好きだからここに入りたいと言い、彼岸と盆暮れの草抜きや石塔の掃除を欠かさずやっている。

だが昨年、帽子も被らず、腰をかがめて草抜きに専念していて、熱中症で意識が朦朧《もうろう》として危なかったらしい。私も畑の草抜きで、立ち上がった途端に吐き気がしたことがあるから、昔と違った気温には困ったものだ。

最近は、幼少時から何度も鳥取に付いて来ていた虎チャンが墓掃除を好んでやってくれる。

他の子は身内の葬儀と法事しか知らないが、虎チャンは付いてくるたび、偶然ながらお寺の行事と親戚の葬儀や法事に参列する機会がやたらと続いた。小学生になってからは、学校と塾の宿題を山ほど抱えて行くので、伸び伸びと遊ぶ余裕はないけれど、日常とは違う体験は大人になって活きるはず。

とはいえ、他の子たちを連れていった海外にはまだ連れていくお金と時間の余裕がない。彼が中学に入り、夫の手術後脚がしっかりする頃がチャンスだと考えている。

それよりも、頭痛の種は、ここで故郷の墓守が絶えたり、家を手放したりすることにでもなれば、あの世に行ってご先祖様に合わせる顔がない。「申し訳ありません」では済まされない。

一時期、親の近くに住み、土・日曜日に親の世話をしてくれていた義弟たちにも、「一緒の墓に入ればいい」と言っていた義母も、最後の最後で別に墓地を確保しなければ、と言い残した。

きっと、夫が同居介護を始め、ご先祖様を祀ることに安堵したのと、合葬も良くない言い伝えがあったからだと分かってはいた。

けれど、万が一、子孫がこちらに戻らず守れなかったら、甥に跡を託すつもりだった。

しかしながら、義弟も後々のことを深く考えており、寺の檀家としての墓守の負担を子供たちに掛けたくないと、生前から住まいに近い散歩道に在る寺の永代供養に決めていた。

今、義弟は宗派に関係なく納骨堂に納められ、いつもお参りした誰かの花で溢れている。

そして、家にある可愛い仏壇には、節目節目にお坊さんが経を上げに訪れている。

娘は、なんで鳥取の家を売らないでリフォームにお金を掛けているんだと言うし、相続税でぼったくられるより、今のうちに手放すほうがいいと助言してくれる人もいる。

三人も孫がいるから誰かが跡を継ぎ、何とかなるだろうと楽観できるものでもない。

終《つい》の棲家《すみか》は、本人にとって、心の安らぐ地であらばこそ、終の棲家になり得るのだから。

また、生きていくための糧とする仕事も、自分を活かす立ち位置を見つけねばならない。

都会でも、本当に自分に適した生き甲斐となる仕事に就くのは容易ではないし、人間同士の交流も切磋琢磨《せっさたくま》するなかで培われる。

孫たち本人の考えもどうなるかは、神のみぞ知るである。だが、田舎で暮らしたいと思ってくれた時は、無からスタートするより家があったほうが助かるはず。そのためにも、家が生きているように、孫が住めるようにと空気を通わせておきたい。

その前に娘夫婦が移り住むかどうかは、娘婿殿の定年まではかなり先のことであり、予定は未定である。

どちらかといえば、孫たちがそれぞれの進路で親元を離れるほうが早そうで、微々たる希望が……。

でも、ご先祖様！

どんなに頑張ってみてもどうにもならないと感じた時には、後に残ったいずれかが墓の永代供養をお寺に依頼することで、手を打って良いですか？

——としか今のところは言えませんが、この悩みについてはもう運を天に任せたいと思います。

何故なら、すでに高齢者と後期高齢者になった私たち夫婦にとって、残されたこれからの時間と人生を悔いのないよう生きるため。

言い換えれば、肺を病み、癌や両膝の関節置換手術を乗り越えていかねばならない夫とのこれからを第一に考えたいので、悩みの種はしばらく忘れさせてください。

時には、薄らボケたり喧嘩をしたりしながらでも、相続税で娘が困らぬよう、夫が言うようにどちらが後先になるかは判りませんが、慌てて後を追わぬよう一年ぐらい間を空けて、それぞれご先祖様の所に行けたらと思う次第です。

ただし、親孝行のために九十四歳の実家の母が天寿を全うするのを見届けることと、親として娘のために孫たちが義務教育を終了するまでは見守る条件付きとなるので、悪しからず。

何だかんだとグダグダ言いましたが、私たちの代までは昔ながらの伝統を引き継ぐことはできます。

しかしながら、私たちが仏教伝来の諸行事を行っている様子を手伝うこともなく、見てもいない娘夫婦には無理というか、その気もないと考えたほうが無難でしょう。

やはり、核家族化した日本の生活様式の変化が、祖先や祖父母、親に対しての敬愛心というか、亡き人々に喜んでほしいと願って、率先する心意気を育めず、環境の違いが伝統の引き継ぎを阻《はば》んでしまいました。

近所で、息子一家との同居を喜んで改築しながらも、自分たちは狭い部屋に追いやられ、親との同居を無視した足りない賄いや、冷蔵庫内の食料管理で、食べることとさえ気兼ねを強いられ、やせ細って亡くなった人が、美容院などでの噂話になっていました。

親子で同居していても昔と違い、娘が外で働き、親が家事を取り仕切っている場合は、比較的安泰ですが、主婦業が二人になると、嫁・姑でなくとも上手くいきません。

船頭が二人では、交代勤務ならともかくなかなかに難しい。数日間留守にしている間だけでも、自分の靴の置き場所さえなくなります。

げに恐ろしきは、親は子供のために尽くすものと言いつつ、子の親からの搾取や、三面記事に載るような祖父母を揺さぶる孫の出現。

また、その真逆で哀れな幼い子たちの受難も矢継ぎ早にニュースになっています。

しかも、外の世界も虐《いじ》めにパワハラ。日本の思いやりの心は何処へ？

それもあってか、同居していても、気兼ねのない一人暮らしに戻る親や、再別居したり、親の敷地内に別棟を建てたりする家族の在り方もあるこのご時世です。

エライ世の中ですよ、ご先祖様。

ところで、我が家にとって近年は、やたらと身内の葬儀が続き、今年に入ってからは、東京の家の停電が続き、漏電ブレーカーの交換、汚水ポンプの交換、床下浸水・排水管の交換、トイレの水漏れ・リモコン・自動水洗管・蓋・蓋の開閉器盤の交換、壁パネル貼り付けと床貼り付け補修、時計・テレビとエアコンのリモコン・血圧測定器が一斉に電池切れ交換、天井ダウンライト交換、鳥取の家の駐車場コンクリート補修と、アレコレ壊れまくってます。

誰も厄年でもないのに、ただただ災難続きなのですが、たまたま偶然が重なったのでしょうか？

ご先祖様！　見守ってないで、手を貸してください。

おわりに

徒然なるままに、湧き出てきた文言を書き連ねていたら、書く内容の筋書きを段取りしていたにもかかわらず、変わってしまいました。

集団生活の最小単位である家族から親族・姻族としての心の変遷や関わり方を中心に、理路整然と記述するはずの流れを端折った感が否めません。が、悪しからず。

日々の暮らしの中でこの年頃のこんな時、どのような精神状態に陥り、どう対処したのか、そんな私の体験が何かのお役に立てはしまいか、と甚《はなは》だ勝手ながら恥を掻き集め、記しました。

ワードの操作は七年ぶりで、原稿用紙の枠やフォルダの場所に戸惑い、ウイルスにまで侵入され、その都度マイクロソフトサポートにＳＯＳしながら、ここまでこぎ着けることができました。

サポーターの皆さん有り難う、これからも宜しくお願い致します。

最後になりましたが、この執筆を事後承諾してくれた夫に、感謝、感激、雨霰《あられ》。

二〇二〇年三月

コ・ミーコ

著者プロフィール
コ・ミーコ（母方の祖父がこう呼んでいた）
1947（昭和22）年に鳥取県に生まれる
国立鳥取大学学芸学部(教育学部に改名)中学課程芸術学科卒
非常勤講師：鳥取県立青谷高等学校、鳥取県立鳥取商業高等学校
教諭：新宿区立・中野区立・府中市立・伊豆大島町立の中学校
1984（昭和59）年、東京都教育研究員
1987（昭和62）年、中野区奨励教育研究
1988（昭和63）年、東京都教育開発委員
1990（平成2）年、文科省海外派遣研修
中野区立中学校教頭(途中で副校長に)
嘱託：教育センター資料室

依頼された原稿が含まれている書籍
『音楽教育研究』№26（音楽之友社、1968年）
『障害児問題の今日と明日』（ドメス出版、1975年）
『教育音楽（中学・高校版②）』（音楽之友社、1990年）

シニアの戯言《たわごと》

2020年 6 月15日　初版第 1 刷発行

著　者　コ・ミーコ
発行者　瓜谷 綱延
発行所　株式会社文芸社
〒160-0022　東京都新宿区新宿1－10－1
電話　03-5369-3060（代表）
03-5369-2299（販売）

印刷所　株式会社フクイン

ISBN978-4-286-21645-4　　日本音楽著作権協会（出）許諾第2002489－001号